大明商王 程暮飞

武彬◎著

广东旅游出版社
GUANGDONG TRAVEL & TOURISM PRESS
阅/读/是/一/次/奇/妙/的/旅/行

图书在版编目（ＣＩＰ）数据

大明商王程暮飞 / 武彬著 . — 广州：广东旅游出版社，2014.1

ISBN 978-7-80766-727-8

Ⅰ . ①大… Ⅱ . ①武… Ⅲ . ①传记小说—中国—当代Ⅳ . ① I247.5

中国版本图书馆 CIP 数据核字 (2013) 第 267623 号

责任编辑：何　阳
封面设计：华夏视觉
责任校对：李端苑
责任技编：刘振华

广东旅游出版社出版发行

（广州市越秀区先烈中路 76 号中侨大厦 22 楼 D、E 单元　　邮编：510075）

邮购电话：020-87348243

广东旅游出版社图书网

www.tourpress.cn

北京毅峰迅捷印刷有限公司

（通州区潞城镇南刘各庄村村委会南 800 米）

710 毫米 ×1000 毫米　16 开　16 印张　180 千字

2014 年 1 月第 1 版第 1 次印刷

定价：32.00 元

本书如有错页倒装等质量问题，请直接与印刷厂联系换书

第一章

家道中落少年郎

第一节 落魄书生

万历二十六年，神宗懦弱，大明皇朝党派林立，庙堂之上，百官相互倾轧，殿陛之间，文武争斗不休。牵连者、腾达者各有机运，却是造就了数不清的官宦兴衰。其中，东林党之争尤为严重，宣党、昆党、齐党、浙党等众多党派对其群起攻之，东林党人士命运多遭祸患。

新安程氏商团乃是天下徽商中举足轻重的一家，素有"程一沈二三添五"之称，自徽商兴起之后一直为新安五大商团中执牛耳者。传至程步天这一代，更是做到了商行天下，百业在手，一时之间辉煌风光，竟是丝毫不逊色于朝堂之上的那位九五之尊。

然天有不测风云，在有心人操弄之下，东林党之争竟然无端蔓延到程步天身上，宦官蛊惑皇帝程家私通外敌，谋图不轨。神宗听后勃然大怒，一道圣旨颁下，程家偌大家业一夜之间飞灰消散，而同为新安商家的沈家在此时非但没有救程家于水火之中，反而联合其他三家，串通百业行首，趁此机会将程氏数代打拼基业尽数纳入囊中，完全灭

绝程家东山再起的机会，甚至连程步天妻子素氏家族在苏杭处的产业也一并吞没，不留半点后路。

家业一朝破败，程步天夫妇锒铛入狱，不久病死狱中，程氏族人除却流放人口，其余尽数离开新安故居，溃散无踪，仅剩程步天夫妇的幼子程暮飞免于刑罚，留在新安乡间，食百家饭、穿百家衣，艰难长大，及近成年，更有幸入得私塾，得了一个秀才的功名，恰逢学舍一名老先生告老退休，引荐他代为教学。承蒙学舍宽宏，收他入学教书，讲述时势轶闻，虽清苦艰辛，终能混得温饱，乃是万幸。

这一日，骤雨初歇，上学归来的孩童一路嬉戏打闹，路过程家门前水坑时更是欢畅，溅起不少泥水，将破烂的屋门打得"啪啪"作响，更有些许从门缝中溅了进去。孩童们睁着眼睛看了那破门一会，嘻嘻哈哈一路跑远，好似浑不在意。

而在那破门之内，程暮飞正懒洋洋地躺在竹椅上，缀着补丁的秀才衫上托着一把黄泥壶，壶嘴上还往外散着些许的热气，对于门外孩童的调皮，竟是也懒得去搭理。

窗外是刚刚淋了雨变得生气许多的柳条，那还是他小的时候娘亲亲手给他栽的。现在这么些年过去了，也一直没什么人打理，柳条疯了似的长了又落，屋里屋外到处都是柳叶的影子。

正当程暮飞闭目养神时，复归平静的门外面忽的窸窸窣窣又走过来两个人，絮絮叨叨的也不知道是在说什么，待走得近了些，原来是邻居家的两个婆娘。程暮飞撇撇嘴，懒得去听她们说什么东家长、李家短的闲言碎语，可那声音又高又清，却是忍不住地往他的耳朵里钻。

"我说王家二嫂啊，最近好像是有些日子没见到程家的小飞了

吧？咱们家孩子最近一直都没有学上，在家闹的那叫一个厉害啊，这没有先生管着，我现在都不知道怎么对付这小兔崽子了！"

"唉，谁说不是呢！李家媳妇，你是不知道啊，程家的小飞好像是前两天看上人家沈家的闺女，被生生给打回来了，这两天估计是正伤心了吧？"

"沈家的闺女？我的老天爷爷，你是开玩笑吧！"李家媳妇的声音瞬间高了八度，"那可是新安四大家的沈家呀我的亲乖乖，就小飞他一个教书先生……"

"诶呀，你可不要乱说话！"王家二嫂赶紧捂住了李家媳妇的嘴，"你是最近几年才嫁过来的，可不知道这程家以前那是有多威风！县太爷家的房子你见过没？那是叫一个气派！可是往前倒二十年，人家程家随便一个下人的院子都比那气派！什么新安四大家？搁从前见到了程家的大爷那一个个都得乖乖的喊小叔！她区区一个沈家的闺女那算是什么？看都不会看一眼的货色！只是可惜了啊……"

王家二嫂摇摇头，"不知道程家这是倒了什么霉，那么大的家业一下子就败了，然后死的死、走的走、散的散，现在也就剩下小飞一个了……"

两个人一边叹息着一边往前走，声音渐渐地听不清楚了。程暮飞紧紧地抓着黄泥壶，躺在竹椅上，还是没有动一动。

过了好一会儿，程暮飞放开已经不再冒热气的黄泥壶，打算起来弄点什么吃，一个懒腰还没有伸开，就被扑面而来的尘土弄了一头一身。

"退之！退之！你在家没有？"进来的是县上的老先生，曾经在国子监当过祭酒，后来大家就拿他的姓冠上"祭酒"两字，当做了名字。

005

"习祭酒，什么事啊？"程暮飞连连咳嗽，把眼前的尘土挥散开，恭敬地看着这个精神的老头。

"啊，原来你在啊！很好，很好。"习祭酒双手背后，点点头，"退之啊，老夫知道你最近情绪低落，但是教书育人乃是世上头等大事，切切不可一日松懈啊！算算日子，你这个月轮休的时间已经超过了，再不去学堂教书，就算老夫再有面子，也是保不住你了。"

习祭酒摇摇头，"若是在二十年前，程家尚自辉煌的时候，你又哪里需要……唉，老夫多嘴了！退之，你要振作起来，你还年轻，不论将来做什么，都是大有可为的！"

"等一会记得过来，咱们爷俩喝两盅！整个学堂，就你最得我心，退之啊，不管将来走到哪里，都不要丢了为人师者的一颗正心！哈哈！"

"是，学生恭送。"程暮飞躬下身子，送别习祭酒。随着大门关上，他的身子一点点的也隐没在午后晴好的阳光下的阴影中，不闻声息，不见行踪。

"是啊，二十年前……如果一切都还在二十年前，这一切又都怎么会是这样？"程暮飞一点一点地直起身子，坐在竹椅上，盯着那只小小的黄泥壶。

"二十年前，我爹程步天，新安之首，财通天下，商行万方，无时无刻不受人拥戴追捧。二十年后，他儿子程暮飞，教书糊口，四处接济，时时刻刻被笼罩在被可怜的眼光中！"程暮飞眼中放着光芒，恶狠狠将那只捡来的、陪伴了他许多年的黄泥壶砸向屋内最黑暗的角落。

"我是程家的子孙，我是程步天的儿子！凭什么我就要被别人怜悯，凭什么我就不能把新安之首、把我爹曾经拥有的那一份辉煌夺回来？凭什么我就要在这里教什么书、育什么人，辛辛苦苦却只能勉强糊口？"

他的目光落在堆在角落里已经发霉的那些书籍上，斑驳的真菌掩盖了这些书上的文字，但是程暮飞知道，这些书他自小就在反复地背诵，每一个字都烙印在心中，这是父母给他留下的唯一的东西。

尽管已经腐烂，尽管这辈子这些腐烂的纸张上的东西也未必会有再用到的一天。

但是他仍然记得，一行行字就像是触手可及一般，因为这是他唯一拥有的财富与资本。

"只要给我一个机会，我就一定能、一定能……"

"小飞啊，你要是再不过去老头子他可就是要发脾气了呦！"窗外传来的声音吓了程暮飞一跳，他赶紧跳起来，忙不迭地打开门，恭恭敬敬地向着门口那位慈祥的奶奶鞠了一躬，连连道歉。

"嘿嘿，还是小飞懂礼貌，难怪老头子最喜欢你，小飞啊，你可要快一点呦，奶奶今天亲自下的厨，就等你过来了！"

目送着老人渐渐远去的背影，程暮飞摇摇头，深深一叹，转身走到柳树旁，折下来一根柳条，去了叶子，拿在手中揉弄。对着家里的水缸，将松散的头发用柳条束了，又将脸上、身上的灰尘细细拍打干净，深深吸了一口气，这才畏畏缩缩给出了门，好似是怕光的小鼠一般。

"他就是程家的那个教书先生？"

程暮飞身后，一个陌生的面孔正冷冷地盯着他，而这个陌生人旁

边，正站着絮絮叨叨的王家二嫂和李家媳妇两个人。"嘿嘿，看着还真是有点意思！"

　　陌生面孔轻轻抚摸腰上带着青铜锈迹的匣子，浑身都散发出一种诡异的气息，阴恻恻地低笑了几声。

第二节 被看上了

这场酒一直喝到傍晚时分，习祭酒一直留着程暮飞吃过了晚饭才放他离开。远处天空红艳如火，烈酒烧得程暮飞的胸口暖烘烘的，那一股酒意一直在他的脑间环绕，连带着步伐也变得踉跄起来。

回到破败的显得有些荒寂的小屋，程暮飞揉揉混沌的额头，也懒得去摸索灯烛，顺着墙根打算舀一瓢水来喝，不经意一抬眼，却看到黑暗的角落处，一双冷冷的眼睛反射着窗外火红的夕光，正在一动不动地盯着他！

程暮飞身体里仅剩的那一点酒液瞬间就化成冷汗流了出来，由混沌变得空白的大脑来不及反应，已经被黑暗中窜出来的神秘人牢牢压在地上。离得近了，程暮飞发现，这双眼睛越发像燃烧着实质的火焰，偏偏又冷得不似人类，透着一股子阴寒。

"老子有一笔买卖要与你做，你，可有兴趣？"

黑暗中传来有些沙哑的声音，随着这句话，压制着程暮飞身体的

力量也变得松动起来，程暮飞赶紧挣扎着从那团泰山一般压制他的阴影下爬出来，顾不得擦脸上流下的冷汗，整个人靠在墙上，努力地适应小屋中的黑暗，这才看清那双眼睛的主人的身形。

这是一个穿着一身农夫装扮、有些干瘦的小个子男人，腰间坠着一个沉得离谱的盒子把他的腰带拉成一个夸张的弧形。除了一双眼睛明亮得有些可怕外，看着和普通庄稼汉没什么区别，同样是一身的泥灰，在街上甚至不会有人看他第二眼，却不知道在他的小身板里面怎么会隐藏了那样巨大的力量。

"你是什么人？"程暮飞深深喘了几口气，迟钝多时的脑子开始转动，小心应对这个陌生的外来人。

"老子说过，有一笔买卖要与你做！所以，老子自然是生意人！"来人嘿嘿一笑，"老子有一笔天大的财富予你，不知道你有没有这个胆子接下来！不过，"他话头一转，"程家没落二十年，就剩下你这么一棵独苗，想必程家大爷的那份胆气你也没有学到多少，说不好，只怕连程家汉子的血性也没有流下多少来！"

"你！"程暮飞怒目，太阳穴突突直跳，耳中清晰可闻血液流动的声音，整个身体迅速地灼烫，每一个程家子弟血脉中传承的对商道的嗅觉因子开始活跃起来。

"程家就算是只剩下我，也依然是二十年前那个程家！"程暮飞努力将自己的语气放得平缓，"你说你是生意人，那就按照生意人的方法做事，容我点上灯，买卖可以细谈。"

"慢着！老子这桩生意，不能点灯。"来人上前一步，轻按程暮飞手掌，另一只手则是把腰上坠着的那个匣子举了起来，"四口带日月，

亮得很，前后带土，吃前人粮，你，可有胆子做上一做？"

程暮飞下意识地接住了匣子，入手处冰凉彻骨，竟然是金属铸造。这匣子看着不大却是十分沉重，表面粗糙而且隐隐有着花纹，竟然是有些年头了。

"四口带日月，前后带土，吃前人粮？"程暮飞脑中飞转，尘封已久的记忆里面忽然迸出一道意念，大惊之下忍不住双腿一软，险险没有坐下。"四口带日月，乃是明器，明者冥也，便是墓中陪葬；前后带土，身在途中，吃前人粮，承袭前人富贵……这是，盗墓！"

一如程暮飞猜想，来人正是出身洛阳的盗墓头子柳三，由于前几日在一座汉代大墓的机关上吃了大亏，手下折损不少，烦躁下来到新安，却偶然听到程家遗子程暮飞擅长驳杂学问，几番探听，竟是起了拉拢试验的心思。程暮飞不过一文弱书生，手无缚鸡之力又天性怯懦，事后不论成败，皆是难以逃脱他柳三的指掌，真是再合适不过。

"我，能得到什么好处？"程暮飞大致判断一下手中这个其貌不扬的匣子，手指已经开始微微颤抖。"自带日月不见天光，四面环土好进难出，不见金山银山当道，不生虎心狼肝豹胆！"

"呦，山上的！"柳三暗自点头，传闻程家开山先祖程万里也曾经做过地下行当，如今找来程暮飞却是无心插柳，脸上也流出笑容，"放心，没有百金千银万贯钱，不会让兄弟你为难下水！做好了这一桩生意，你走青天白日，我过满天星斗，自此不见，从未相识，如何？"

"这……我还需想想。"

"想想？"柳三一声冷笑，"兄弟不慌，你可以慢慢考虑，反正我有的是时间！你程家没落了这么些年了，也算得上是退隐江湖，每

日逍遥轻松得紧，若要是再回那战场一般的商场，只怕反倒会吃不消！也难怪兄弟你舍不得这小日子，虽说清苦了点，却也安稳。等哪日我累了倦了，就来这里和兄弟做个伴，每日如花美眷、子孙绕膝，何等快活！"

"区区一座汉墓，不如等哪天兄弟你无聊闲了，可以来洛阳寻我，我们再去那墓中一谈如何？"柳三伸手取过匣子，重重一拍程暮飞肩膀，作势欲走。

"等……等等！"程暮飞只觉得胸口鲜血往上涌动，一种可以被称之为欲望的意念在他的心脏中蓬勃，不等柳三迈步，赶紧喊出声来，将柳三留下。

"这一趟生意，我……接了！"

柳三缓缓转过身来，满面笑容，将手中抓着的匣子再次递给了程暮飞。"兄弟放心，只要你帮我柳三成功破了这道机关，诸多好处必定有你一份，决不食言！"

"我，要如何做？"程暮飞接过匣子，心中既然已经做下决定，自然安稳许多，便要着手询问详细。食人之粟，忠人之事，正是徽商立足根本。

"事情原是如此……"

就在三个月前，柳三听到风声，在六安地界会有汉代大墓出现，兴奋之下柳三率众匆匆前往，欲要抢得一杯头羹，不曾想仍旧被人抢先一步来到。尽管懊恼，柳三仍旧命人顺墓道查探，不想派遣入墓的手下无一得返，柳三这才重视起来，亲自动手再度开辟一条盗洞通向墓穴，入目所见却是被沙石掩埋的破碎尸骨，还有青色坚实的墓门。

在通向墓穴的大门上开有四个凹洞，除了不知道有何意义的神秘图案之外，墙壁上还描绘有歪曲扭动如火焰的文字，只可惜在场的众人没有一个认识。在凹洞之下，四只青铜的匣子则散乱地丢弃在大门之前，上面同样描绘有奇特的法轮图案和扭曲的文字。

从现场的痕迹来看，应该是先于柳三来到的那伙人触动了这座大门上的机关，甚至有可能是他们压根就没有打算去理会那所谓的机关，而是打算用暴力打开这扇门，所以造成墓穴防卫系统的开启，不仅仅将他们全部覆灭在此，甚至波及了后来下去查探的柳三的手下。

这种情况柳三可以说是又惊又喜，前面一伙人全部葬身在此，至少可以说明一件事情，那就是这个大墓仍然处于十分完好的状态，里面所有的陪葬品无人染指，还在乖乖地等待他去挖掘。而如此强劲的防范措施更是说明另一件事，在这个大墓里面的珍宝，一定远非寻常墓葬可以比拟！

只是先前机关的发动对现场造成了一定的破坏，别的不说，仅仅是这四只青铜匣子的原本位置就已经无迹可寻，特别是在现在这种一头雾水的情况下，饶是柳三经验丰富、艺高胆大，一时之间也是犯了难。

但偏偏就在此时，一名新入行的愣头青趁众人不注意的时候，不知轻重地跑到门前拿了一个青铜匣子回来，整个地穴顿时地动山摇起来，落下的泥土、沙石顺着大门上的凹洞开始往外流动，大有掩盖出口的态势。

"匆忙之下所有人都忙着往外逃命，自己人倒是踩死了几个，剩下的应该也是落在下面没跑出来，陪那些死鬼做伴去了。贴了这么多人命进去，也只抢得你手上的这么一个破匣子出来！"

　　柳三的脸上也露出戚戚之色，程暮飞听完来由，深吸一口气，转而仔细地研究手上这个沉甸甸的用人命换来的匣子。

第三节　参与盗墓

在匣子的一角有一个呈现四分之一环状的图案，圆环的中心应该是一个完整图案的一部分，从现有的图案来看，隐约像是一个有着光圈火焰包围的大树的枝干。环绕着圆环的外围则是刻着装饰用的图案，虽然覆盖了斑驳的锈迹，但是仍然能够清晰分辨出上面的字迹。

"这个匣子上面刻着的是古梵文的一种变体，一般只有记录某些特定的佛经或供奉文字的时候才会用到，按照上面的文字的形状，似乎和佛经中描述佛陀智慧的四智心品中的一种很接近。"

由于柳三坚持不可点灯，程暮飞只好拿着这个匣子，就着初升的月光，勉强辨认这上面的文字和图案。皎洁的月光洒在这些千年之前的文字上面，一如千年前照耀着它的诞生一般。

程暮飞眼看着这只匣子，心中所想的却是在他很小很小的时候，父亲从远方的龟兹回来，教给他的那仿佛是歌唱一样的语言，还有那许许多多的生动有趣的佛门故事。虽然他并没有像父亲一样信仰那个

遥远国度的佛宗，但是却并不影响他出于兴趣和对父亲的缅怀去阅读那些神秘的经文，去领会那一个个简单的名词背后的深奥含义。而儿时钻研梵文的经历如今却帮了他。

"四智心品？那是什么玩意？"柳三搔头，做他们这行的大抵都是不信神佛的莽汉，对这种佛家常识也没什么了解，"散在门前的匣子好像确实有四个，不过当时离得有些距离，我们也没怎么上心注意，不过门上倒是确实只有四个凹洞，门中间画了一个大圈，圈子里面还坐了一个胖乎乎的佛爷。"

程暮飞点点头，开口解释："照你这么说的话，我的判断就应该没有错误，这个机关就是以佛陀的威能智慧论为基础制作的。

"所谓四智心品，就是四智相应心品，即与四智相应的一聚心、心所，是菩提的四种德能，亦即佛的四种智慧，是转有漏的第八识、第七识、第六识，及前五识，依次获得大圆镜智、平等性智、妙观察智、成所作智。

"其中大圆镜智是转有漏的第八阿赖耶识聚所得的无漏智，这个智，远离一切我执、我所执及一切所取、能取的分别，能缘的行相及所缘的内境都微细难知，而于一切境界能不愚迷、不忘失；而平等性智是转有漏的第七末那识聚所得的无漏智，这个智远离二执，观染净诸法、自他有情悉皆平等，由此安住无住涅槃，经常和大慈大悲相应。

"妙观察智是转有漏的第六意识聚所得的无漏智。这个智善观察一切诸法的自相及共相，无碍自在。又摄藏无量陀罗尼门、三摩地门，及所发生的六度、三十七菩提分、十力、十八不共法等无量功德珍宝，在大众会中，能现一切自在作用，转大法轮，断世间一切疑惑，令诸

有情皆获利乐。按照我的判断，这只匣子上面所刻着的就是妙观察智，以及赞颂智慧的经文。

"最后一种智是成所作智是转有漏的眼等前五识聚所得的无漏智，这个智是为想方便利乐地前菩萨及二乘、凡夫等一切有情，周遍在十方一切世界，示现种种无量无数不可思议的变化身、土等三业，成就本愿力所应做的八相成道等事。"

程暮飞向柳三翻译了一遍上面铭刻的字迹，内容和他刚刚讲述的也并无什么大的差别，"在石门上的那个佛陀画像应该也不是没有实际意义的，那个佛陀象征的应该就是本心中的四智种子，也就是宿慧、佛性，《成唯识论》卷九说，谓无始来依附本识法尔所得无漏法因。发心以后，由听闻正法等外缘熏发，令无漏旧种渐渐增长，此即大乘二种种姓中习所成种姓。只要将四只匣子按照正确的顺序镶嵌进石门，应该就可以破解掉这个机关。

"不过这还是停留在理论的阶段，具体如何，还需要实际查看过才会知道。"

"这是自然。"柳三点点头，看程暮飞仅仅从一只匣子上就能够讲出这许多门道，心中已然信服大半，就算是程暮飞的分析在实际操作中仍有部分的出入，但想来应该也不会有什么大问题，只要细加调整，必然能够成功。

"既然先生已经答应了这桩生意，不如即刻就动身，毕竟这天下奇人无处不在，如果慢了一步，我等失了宝物也就罢了，先生却是失了一个光复门楣的大好机会！"

"这，也罢，那……咱们什么时候出发？"

　　柳三看着就像是一只小兔子一样惴惴的程暮飞，微微一笑，显得胸有成竹，"这个你不用担心，今夜过了子时，你寻上一块黑布蒙好双眼，安心睡觉就好，到时候自然会有人把你带去。切记，把眼睛蒙好了，不然被哪个兄弟不小心废了你的这对招子，那可就算是我也没办法给你安回去！"

　　"这……到那以后我该如何做？会不会……有危险？"程暮飞一听，脸色瞬间变得苍白，有些想打退堂鼓，"咱们可先说好，我只管帮你破开这个机关，剩下的事情不能逼我去送死！还有，干完这一趟生意，你我就谁都未曾见过！"

　　"拿出点你程家大爷的血性来！富贵险中求，这畏畏缩缩的成什么样子？谁要是对你动手动脚，就报我柳三的大名，谁再多事，老子砍了他！放心就好！"

　　柳三拍拍程暮飞的肩膀，转身离开了这间破旧的小屋，很快就消失在茫茫的夜色中。

　　"我的天，我做了什么？盗墓？"

　　等柳三离开了有一会儿之后，程暮飞浑身僵直，大汗淋漓地躺在床上，满心都是后怕。"盗墓，那可是抓住就要砍头的重罪！我的老天，我、我、我……"程暮飞使劲地拍打自己的胸口，想要让自己冷静下来，游移的目光落在桌子上，看到那不知道是柳三有意还是无意地落下的青铜匣子上，目光顿时变得活跃起来，后怕的感觉逐渐消失，一袭大汗冒出，转为兴奋。

　　"没错，富贵险中求！"程暮飞干脆从自己的衣摆上撕下一块布条，牢牢地绑在自己的双眼上。他平静地躺在床上，耳边又想起了柳

三的话语，其中还夹杂着王家二嫂、李家媳妇那带着惋惜、带着轻蔑的话语，响起了沈家斥责自己的叫骂和棒子抡起的风声，还有这二十多年来许许多多人的声音，眼前满是那些厌恶、不屑的表情，最后，还有自己记忆中已经显得有些模糊的父亲与母亲的影子。

在这浮想的幻象中，程暮飞沉沉睡去，不知过了多久，他觉得自己好像是悬浮在半空中翱翔，又仿佛是游鱼在水中翻动。最后随着重重的向下坠落的感觉，从梦中惊醒。

"这里是……"程暮飞只觉得好像浑身都被摔散架了，偏偏脑子却是晕晕乎乎的，连带着自己的感觉都有些迟钝。听到耳边人声嘈杂，当下也顾不得先前柳三的叮嘱，一把扯下来脸上的布条，睁开了双眼。

"抱歉了兄弟，这都是行里的规矩，像你这样的半路新伙计，只能用这种方法请过来！"

程暮飞睁眼，眼前一人穿着短打扮，浑身精瘦，正是柳三，在柳三的身边聚集着几个穿着相同打扮的精悍汉子，手里提着一些自己未曾见过的工具。在这些人的左侧大概三四十步的距离处，有一扇被沙石掩盖了近一半的石门，三个明显的凹洞在火把闪烁晃动的光芒下显得更加幽深狰狞。

程暮飞刚站起身，一直站在他身边的精悍汉子便将那枚青铜匣子递在他的手中，随即无声无息地退在一边。

"说起来我也是刚刚才得知，原来上次的意外已经把大门上的凹洞掩盖了一个，不知道现在……"

程暮飞摆摆手，从旁边站着的汉子手中拿过一支火把，捧着青铜匣子小心翼翼地走向那扇大门。大概距离石门还有半丈不到的距离，

程暮飞止住脚步，伸直手臂，仔细地观看刻在门上的经过几次破坏痕迹已经显得不是十分清楚的图案。

石门上敦厚佛陀一手结菩提心印，一手结种子心印，端坐在七宝妙树之下，身后有功德光纹层层叠叠，穿越千年时光，静静端坐在这片黑暗中，看得程暮飞连连点头。

就在众人屏息凝神地观察着周围的动静的时候，一直显得小心翼翼的程暮飞忽然有了惊人的动作！

第四节 官兵天降

在众人来不及反应的瞬间，程暮飞毫不迟疑地一步跨上那被视为禁区的沙土堆之上，将自己手中的青铜匣子放进了石门中左上角处凹洞中，双手抓着留在凹洞外面的匣子边缘，使劲向下拨动！石门上那圈圆环竟然随着程暮飞的拨动缓缓地转了三分之一个圈，原本处于左上角位置的青铜匣子的位置一下子变成了左下角。

随着程暮飞的动作，这座沉寂的墓穴甬道也开始颤抖，在众人脚下坚硬砖石的下面传来沉闷的轰鸣声，仿佛有无数个巨大的齿轮在下面相互咬合，运转着这个不知道是由哪位能工巧匠制造的巨大机关。

"不要慌！"柳三眼见众人神情慌张浮动，几个心浮气躁的愣头青已经做好跑路的准备，一只手已经抓住了通向洞口的麻绳，心中顿生懊恼，发出一声低沉警喝镇住众人。

出于柳三年多来树立出来的威信，在场众人瞬间平静了下来，同时心思灵活的人也从环境的变动中察觉了与先前触发机关陷阱时的不

同，这次颤动持续绵长，而且十分稳定，不像是陷阱发动的征兆，反倒像是机关开启了入口大门的样子。

随着圆环的转动，已经镶嵌进凹洞中的青铜匣子裸露在外面的最后一丝边沿，彻底进入凹洞，匣子上的花纹与石门上的花纹连接在一起，天衣无缝。此时，随着地下机关的转动，堆积在石门前的沙土开始顺着脚下石板上的孔洞流走，筛过之后，将另外的三个型制大小完全相同的青铜匣子留了出来。

程暮飞偷偷把手心里面冒出来的冷汗擦掉，从地上小心翼翼地捡起一只青铜匣子，向身后的众人略微挥挥致意，表示一切进行顺利，借着火焰上的光芒，仔细辨认一段时间之后，将手中的青铜匣子摁入了靠近中心凹洞中，同时顺着逆时针方向转动圆环，在一阵齿轮转动之后，墓穴再度陷入了平静。

然而对于剩下的两枚青铜匣子的顺序，程暮飞却是陷入了苦苦的思索，始终不能作出决定。

"《佛地经论》卷三有言，转第六识得妙观察智相应心，能观一切皆无碍故，转五现识得成所作智相应心，能现成办外所作故，所以先将代表着妙观察智和成所作智的匣子放进去绝对是没有问题的，但是剩下的两个又该怎么安排？按照柳三的讲述，甚至连拿取的错误都可能造成陷阱的发动，这，难道只能靠运气了？"

程暮飞踌躇不定，忽然想起父亲常说的一句话，心中顿时清明不少，旋即后退数步，纵观整个石门。

"怎么了？成了没有？"柳三到底是个草莽汉子，强忍半天终于沉不下气，开口问了出来。

程暮飞摇摇头，双眼却没有离开石门，"但凡困于一隅不得解脱，可设法脱身，从大局纵观，步步为营未若料敌于先……"

程暮飞口中喃喃，不时移动手中火把的位置，试图找出隐藏在石门中的信息。

火把的光芒跳动闪烁，光暗不时变化，映照着的佛陀的手势也似乎在不断地变化，在补充了两枚青铜匣子上的图案花纹后，这种变化更加的多了些许的倾向。程暮飞不断变换火把的位置，佛陀的手印则是随着火把的变化而变化着，那种倾向也是越来越明显了。

在重复了十几遍后，程暮飞的双眼逐渐变得明亮起来，"这是……是、是大悲手印！原来是平等性智！"

"平等性智远离二执，观染净诸法、自他有情悉皆平等，由此安住无住涅槃，经常和大慈大悲相应，随十地菩萨所乐，在补充了两个青铜匣子之后，佛陀的手印就开始转向大悲手印，如此一来，欠缺的必然是代表着平等性智的那一枚匣子！"

程暮飞再度上前，决然的将剩下的两枚青铜匣子按照自己的推断镶嵌进石门中，所有人的心也都随着他的动作而悬着，这不仅仅是属于程暮飞的一次考验磨砺，同时也是所有人堵上生死的一场博弈！

随着熟悉的机关声响起，石门上的四道圆环缓缓转动，只听得"咔咔"几声，石门徐徐打开！这一场博弈，众人赌赢了！

随着石门的打开，一枚不到拳头大小的小小的金属制的菩提子从石门中掉落下来。此时所有的人的注意力都紧紧地维系在开启的石门以及隐藏在石门之后的数不清的珍宝上面，除了离得最近的程暮飞之外，完全没有一个人注意到这个不起眼的小玩意的出现。

　　程暮飞心中一动，又联想到最开始时佛陀雕刻上佛陀展示出来的菩提心印和种子心印，借着昏暗的火光，偷偷将这枚小小的菩提子收到了宽大的秀才袍袖中。

　　"现在属于我的部分已经完成了，接下来的一切，就都交给你了！"程暮飞默默退到一边，试探着对柳三开口。

　　"放心放心，老子自然记得！"柳三现在全部的心思已经都放在了墓室里面，对程暮飞这个外人颇有些敷衍地点点头，然后示意左右穿过石门进行查探。

　　程暮飞倒是十分知趣，知晓这里已经用不到自己，自觉地退到一边不碍事的地方坐观事态的发展。过了大概盏茶的时间，进去查探的两个人顺利回返，贴在柳三的耳边轻声说了几句，就看见柳三的双眼越眯越小，一张嘴却是咧得越来越大，等这两人汇报完，柳三当即一挥手，用洛阳方言吩咐了几句，除了三个留下来把风的精壮汉子之外，所有人都喜气洋洋地拎着手里的工具，鱼贯而入，穿过大门。

　　就在临进入之前，柳三笑眯眯地拍了拍程暮飞的肩膀："兄弟你这次可是立了一大功！等这批宝贝出手，各种好处一定少不了你的！嘿嘿，兄弟，你可以考虑考虑以后就跟着老子一起混！到时候吃香喝辣，逍遥快活，岂不痛快！嘿嘿，你就好好想想吧！"

　　不等程暮飞回答，柳三就一猫腰钻进了石门，只留下程暮飞和几个精壮的汉子守在洞外，气氛一时变得尴尬起来。在石门的后面不时传出来铁器相互敲打的声音，程暮飞虽然好奇，但是在其他几个人的注视下，实在也是没有胆子尾随进去看个究竟。想要开口说点什么缓和一下气氛，但是才刚张开嘴，一接触到那几个人冷冽的目光，脑子

顿时就是一片空白，一个字也吐不出来了。

　　地下的气温总是比地上要低许多，就在程暮飞感觉自己已经快要冻僵的时候，柳三终于喘着白气从石门后面钻了出来。虽然他同样也是脸色被冻得有些发青，但是脸上那抹浓浓的兴奋的腮红却是怎么也掩盖不下去的。

　　"兄弟们小心了，等这批货出手，老子就把怡红院包了给兄弟们乐呵乐呵！"柳三站在盗洞出口，小心盯着身边的汉子一个个地慢慢爬出去，每上去一个都少不了说几句好话，显然心情不错，等到搬东西的人都上光了才轮到程暮飞，柳三拍着程暮飞的肩膀，"上去好好喝两口去去寒，你的体质比不得我们这些粗人，一切都得小心注意些才好！"

　　程暮飞点点头，手脚并用好不容易爬出了盗洞。就在洞口周围不远的地方，留守的人已经升起了好几堆篝火，抖动的火苗透着暖意，浓郁的酒香飘散出来，弄得程暮飞的鼻孔也痒痒的。

　　"这么多分量够么？""放心吧，这么多的分量足够让那小子去得安安稳稳的，这也算是兄弟们对得起他了！"

　　"不过这倒是可惜了，看他长得斯斯文文，估计也是上过几天学的，要是能留下来帮着管管账什么的，怕是也不赖！"

　　"哼，你做梦呢？三爷什么脾气你不是不知道，除了咱们这班子打老家就跟过来的兄弟，其他的，哼，一个个还不是成了咱们兄弟的刀下鬼！"在篝火的另一端，两个人鬼鬼祟祟的将一个纸包中的白粉倒进了酒葫芦，轻轻摇晃几下后，若无其事地走到程暮飞的身边，脸上挂着热情的笑容，操着方言请程暮飞喝两口暖暖身子。

　　从酒葫芦口冒出来的酒香搔得程暮飞的心痒痒的，就在他接过酒葫芦仰头要喝的时候，远处忽然传来一阵纷乱的马蹄声，只听得在最外围把风的人一声凄厉的呼喊，刚刚进到程暮飞嘴里的一口酒尽数吐了出来！

　　"不好了，有……有官兵！"

第二章

走私贩盐锦还乡

第一节　古董换盐

对于任何见不得光的行业来说，比如盗墓，官兵这种东西都是属于能够吓死人的存在。哪怕只是捕风捉影的一声大吼，也足以把胆子小的人吓得肝胆俱裂，就算是胆子大到如柳三这样的，心肝也是要颤上三颤。更不要说柳三现在才刚刚从地下爬上来，压根就还什么都不知道，兜头兜耳朵就被吆喝上这么一句，一时间竟也是昏了头壳，好像没头苍蝇一样，只知道跟着这些乱哄哄的随从们一样，在这片小树林里面来回乱窜。

在这些人当中，要说最惊慌的其实还是要算上程暮飞，不论是他在学堂中所学习到的，还是幼年所经历的那场巨变，都在他的心灵深处牢牢烙印下了对官兵的恐惧，此时听闻战马嘶鸣，官军叫骂，整个树林更是乱成一团，连一个主心骨都没有，双腿发软的他此时哪里还顾得上去找柳三讨什么好处，满心的都只有一个赶紧离开此处的念头。

他一边跑还一边在心中念着佛，只求这双腿不要一下子软了下去

落在官军的手里，相比那些四处躲藏，想要逃跑又舍不得到手的古董的人，竟然是跑得最快的一个，在跑离了篝火的范围之后，很快便看不到他的身影，成功地远离了这块是非之地。

只不过他却是不会知道，这从天而降的官兵其实间接地救了他一条性命，更为他开启了人生的另外一条道路。不过他此时自然不会知道在前方的路上有什么在等着他，他所做的，只是本能地向前跑着而已。

人说忙中生乱，此言着实不差，程暮飞闷着头往前逃跑，心头惴惴、慌不择路，加上天色昏暗，竟然和前面不远处的一道黑影撞在一起，偏巧在厚厚的落叶之下还隐藏着一个荒废年久的猎坑，先前陷阱上支撑那一个黑影就已经十分难得勉强，现在又被程暮飞全力撞击，瞬间崩塌，只听得一声惊呼，程暮飞与那道黑影已经双双掉落下去。

"哎哟……嗯？怎么软乎乎的？"程暮飞揉揉脑袋，却是发现自己的身子似乎是并没有想象中那么疼，定睛一看，原来在自己的身子下面还有另外一个人在呻吟。

"你是……？"程暮飞把他拉起来，脑子里隐隐约约对他的相貌有一点印象。这个人看起来只比他还要瘦弱，而且面庞滞涩，好像还没有成年的样子，站在柳三身边那一堆好像门神一样的精壮汉子里面，看着确实明显非常。

"你是……柳三请过来那个，那个先生？"他嘴里发出嘶嘶的声音，一只手轻轻地揉弄自己的脚踝，眼睛里面却是早已经含满了泪水，只不过是在强忍着没有哭出声来而已。

"你先不要动，让我看看，"程暮飞俯下身子，解开他的裤脚，

发现对方的脚踝已经高高地肿了起来，"看样子应该是扭住了，骨头有没有折确是不知道，你先不要乱动，等下我带你去看看附近有没有什么人家。"

"你，你先别走。"看到程暮飞起身，他赶紧拉住了程暮飞的袖子，"我是，我是盐商宋老爷家的童儿小顺子，老爷他们就在这附近！"

小顺子解释到："本来今天老爷是派我过来盯着柳三的，不想碰到了官兵，连带着我也受了波及。现在在这深山老林里面，除了狐狸洞兔子窝，哪还会有什么人气儿？你小心别被黄皮子什么的给拐了去！"

"那怎么办？"程暮飞皱眉，一时也是没了办法。本来他一个人就已经有些手足无措，现在又多了一个受伤的拖累，更加不知道应该怎么办了。

"老爷原本的打算是今天就在这附近找一个隐蔽的地方和柳三进行交易，不过看今天的样子，只怕是交易不成了。"小顺子想了想，"现在老爷应该还在临时搭的那个帐篷那里等我回去，我知道方向，不过就是，稍微有一点远。"

"现在都什么时候了，还顾得上什么远近？"程暮飞把身边的软土石块聚拢在一起，堆在陷阱的一边，形成一个简易的坡度。好在这个陷阱并不是为了对付什么大型的动物，因此挖的坑并不是很深，经过程暮飞的一番努力，终于稳稳当当地背着小顺子从陷阱中走了出来。

"程大哥你就顺着这条小路往前走，大概穿过三道溪流就能看见一个茅草屋，我家老爷还有他的朋友就在那里歇息。"小顺子靠在程暮飞的背后，小声地指点。

此时的天空中一轮明月也冉冉升起，将交接的光辉洒下，照耀着两个人前行的路。两个人一边聊着天一边绕过一颗颗树木，听着夜风穿过树林的声音，心也变得沉静下来，心头的恐惧和烦躁也消散无踪。就连小顺子的脚踝似乎也显得不那么疼痛了。于是两人开始聊起了家常。

"程大哥，原来你是新安人士？"小顺子显得有些兴奋，"说起来我家老爷的那个好友也是出身新安，不过不是新安四家那样的显赫豪门，说起来和你正好是同乡。

"可惜程大哥你现在手上没有从柳三那拿一两件东西出来，不然卖给我家老爷，怎么也够盘缠让你回家了。对了，"小顺子忽然把脑袋探到程暮飞的脸前面，"不如程大哥你就留下来在我家老爷那里帮忙怎么样？我家老爷可是一个大好人，虽然家财万贯，却是十里八乡远近闻名的善人，每年都会抽出一成的盈利补贴穷人，对待下人也是十分的和善。

"而且我家老爷除了好收集各种古玩，因此经常和柳三这类人有些来往之外，可以说是没有一点点的不良嗜好，而且他最尊敬读书人，大哥你要是肯留下来，绝对是个不错的主家类！"

程暮飞呵呵地笑了几声，心思却是落在了还藏在他怀里的那枚金属制作的菩提子上。虽然他一直没来得及观察那枚菩提子有什么奇特的地方，不过好歹也是汉朝的古物，怎么也能换些银钱。至于居于人下这种事情，尚处于年强气盛、而且头上还压着父亲程步天这座大山的他来说，却是暂时还没有接受的打算。

两个人就这么走在山路上，脚步轻快，很快就走到了那间"简陋"

的茅屋前。

不等程暮飞靠近，早有人挡在前面，十分警惕地询问起来。待小顺子将事情大致地讲过了一遍，那名护卫这才将信将疑地把程暮飞带到了茅屋的里面。而小顺子则是由另外的几名侍卫带到了屋内照顾，显然很是受到宠爱。

茅屋中此时灯火通明，一名穿着朴素却自有雍容气度的中年男子正在和一名面带刀疤的壮汉饮酒，见到程暮飞进来竟也是毫不在意，微笑着向空着的椅子一指，示意程暮飞一同入座。

此时程暮飞倒是有了些稳重的样子，微微一拱手，也不矫作，欣然加入，娓娓而谈，又将事情讲述了一遍。末了，轻轻将怀中的那枚菩提子拿了出来。

"学生听小顺子说老爷最爱古玩，不过这一次出来只得了这么一件不曾细细查看的对象，还请老爷给掌个眼。若是还有几分价值，学生返乡之资怕是就有了着落了！"

"小先生说笑了，"宋老爷微微一笑，接过菩提子，放在手中把玩，只见宋老爷手指转动，这枚菩提子竟随着宋老爷的动作缓缓打开，露出里面一尊金灿灿的佛陀造像，纤毫毕现，惟妙惟肖！

"万金难求的汉代胎藏曼荼真佛菩提子！"一旁的刀疤汉子冷吸一口气，"跟着老宋你可真是好运，竟然连这传说里面的宝贝都能见得到！"

他转过来脸来，对着程暮飞开口："这是个好东西，咱们新安人最是有一说一，就算你我不是同乡我也不会对你有所欺瞒，这个东西价值不菲，今天老宋带的银子全算上也未必能够买得回来！所以我

先代他说上这么一句，价钱，你随便开，如果有不足的话，我愿意拿相应的货物跟你抵押！我范成用新安范家的名义向你承诺，绝对不会抵赖！"

程暮飞一愣，心头快速地转动，在他的脑子里面，根本不知道应该如何开价。他抬头看看宋老爷，又看看范成，仔细地回忆小顺子在路上跟他说的每一句话，忽然起身，向后一步，深深躬下身子，朗声说道："小子不才，愿用此物换取食盐三万担！"

第二节 一本万利

这下反倒是轮到宋老爷和范成吃了一惊，有些不解地待在了那里。按照他们的想法，范成已经将这件菩提子的价值说得十分明显了，甚至在两个人的心中，已经各自给出了一个巨额的数字，并且做好了和程暮飞详细讨价还价的准备。

但是出乎两个人的预料，程暮飞竟然提出了要用这件菩提子换取三万担食盐而不是钱币。虽然这三万担食盐的价值也是颇为不菲的一份财富，但是距离两个人的心理估价还是有一段的距离，仅凭宋老爷一个人就足够毫不费力地将这件宝贝给吃下去。

"我说小程啊，你，真的就只打算用这件宝贝换三万担食盐？"范成皱起了眉头，"我不怕告诉你，这个价格，低了。你就是再涨上三倍，我和老宋也是能够接受的，你这点量，并不够看。"

程暮飞摇摇头："老人说命里不满五斗粮，吃糠胜过强倒装，学生这本来就是天降横财，收得多了，只怕是没有那个命享受。

三万担盐，足够了。"

宋老爷和范成相顾一看，忽然哈哈哈大笑出声。

"你说这叫什么事？"范成眼角冒出泪花，"现在竟然还有人嫌弃钱赚的多？卖东西的往下压价咱们买东西的反倒是使劲地要往上抬价？老宋啊，今天我跟着你不仅仅是见着了宝贝，还见着这百年难遇的一个奇景啊哈哈！"

"小先生，你能不能告诉我你为什么要食盐不要金银么？"宋老爷含笑，给程暮飞斟上了一杯酒。

程暮飞躬身，又坐回了原来的位置。"在来的路上，小顺子曾经建议我留下来给宋老爷做事，所以倒是对宋老爷多少也算是有了了解。

"在小顺子的口中，宋老爷身为盐商，手中有着大量的食盐来源，而且有官方批准的代理资格，由此来解释宋老爷的乐善好施、家财万贯似乎是十分的合理。但是他同时也说过了，宋老爷此生最大的爱好就是收藏各种珍奇古玩，而据学生所知，但凡是珍品，绝对不是区区几百、几千的银两就可以获得，宋老爷就算是收入丰盈，想必也是经不起连年的如此消耗。更不要说每年宋老爷还会把收入盈利的一成拿出来做善事。

"所以学生大胆推测，在官面上的买卖之外，宋老爷必然还经营着……私盐。"程暮飞将面前的酒液一饮而尽，"现在朝廷正乱，官员相互倾轧、无一为百姓谋利，正所谓在商言商，宋老爷的做法在我看来，只怕是要好过太多的官员，学生的心中也忍不住生出来一丝的羡慕，也希望能够做出一番如宋老爷一般的事业来！

"不过临渊羡鱼，不若退而结网，恰巧今日学生有幸同两位前辈亲近，又怎么能像市井小侩一样，只谈些黄白之物？

"而这位范成大哥皮肤黝黑，但是牙齿洁白，说话直率干练，声音又带着一点嘶哑，身上还带着一点淡淡的海腥味，想必就是常年在外奔波，行经河海。再联系范大哥与身为盐商的宋老爷之间的关系，学生自然能够看出些许！既然有了两位前辈在此，学生又何苦寻求什么金银，随后还是要再度投入市场！又哪里有直接运营来得方便？想来学生想要借今天的机缘搭乘两位的方便，两位前辈必然不会反对！既如此，学生何不从中赚些便宜！"

程暮飞的话语到此戛然而止，对面的宋老爷和范成微眯着眼，一遍一遍地打量着程暮飞，透出一点欣赏。

"不愧是我新安子弟！"范成忽然大声鼓掌，语气中的欣赏不带一点的遮掩，"天可怜见，你程家虽然衰败了，但是步天公的气度却是流传了下来，可喜可贺，可喜可贺！"

他转过身子，对着宋老爷，"怎么样，看我的面子，行个方便吧？方便不？"

"方便，怎么不方便！"宋老爷看着程暮飞，豪情万千，"有骨气，有想法，好，好！今天既然小先生为宋某送来了佛陀金身，宋某就为小先生一开方便之门又如何？"

"只不过，宋某这次与小先生十分投缘，这三万食盐远远不能表达宋某的心意，不如这样，除了这三万担食盐之外，宋某再送小先生些添头如何？"

"这，恭敬不如从命，学生先在此谢过了！"

"哈，我说小程啊，你知不知道为什么今天能这么顺利地从老宋这个老抠门手里顺利地搭上这么一趟好船？"范成见大局已定，忍不住开起玩笑来，"实话告诉你好了，其实今天就算是你没有给他送来这么个称心如意的宝贝，也是会送你一份大礼的，现在倒是让他拿来做人情！"

程暮飞疑惑，狐疑地看着范成。

"就你刚才带回来的那个臭小子，你以为他是谁？一个宋家的小童儿？那可是老宋他最金贵的小儿子，整个宋家上下能够打碎老宋最喜欢的琉璃盏还被老宋哄着不要哭的，也就是这个臭小子独一份了！上次我在老宋家不过就是用了他一只唐樽喝酒，就让他讹诈了一面铜镜去，你说说，你把这么个宝贝囫囵地送回来，他老宋还能不让你得了好处去？"

程暮飞恍然大悟，怪不得在小顺子的嘴里虽然称呼着宋老爷为老爷，语气却是十分的随意。先前自己还当是宋老爷十分好相处，但是却忽略了一件事，如果真的是一个普通的童儿，又怎么可能知道这么多的事情？更不要说在老爷背后进行评论，甚至擅自往自己家里面拉人？除了是家中最受疼爱的少爷，谁又能那么自信地说这是一个好主家，肯定自己能够被同意接受？

宋老爷笑着饮下一杯酒，也不反驳："小顺子确实是我家的小儿子，不过他打小被我宠惯了，一天到晚游手好闲。我怕他长成一个纨绔子弟，将来要是单单把这份家业给败了也就算了，如果养成欺男霸女、横行一方、目无王法的脾性那就糟了。结果按着现在的态势来看，这小家伙将来长不成纨绔子弟，倒是会把家里弄成收容

所了哈哈！"

"宋老爷说笑了，先前不知道小顺子原来是贵公子，倒是唐突了，自罚一杯！"程暮飞举起酒杯，一饮而尽，"小公子宅心仁厚，心心念念全是宋老爷的好，想来也是个孝顺的孩子，宋老爷还有什么不满意的？"

"嗯，你说得也是这么个道理，呵呵，"宋老爷点头，显得极为受用，"我说小范，你是不是也应该表示表示？这可是你的小老乡，他给完好带回来的臭小子可也是喊你一声叔叔的，怎么，你光看我一个人傻守着，就不知道帮帮这孩子？"

"我哪里能让你一个人撑着？再说了，我们可是亲近的很！"范成歪歪脖子，"说起来我刚出道的时候正赶上程步天程家大爷还在，程家辉煌的时候，那时候我就一直拿大爷当榜样，想成就一番事业，虽然现在最后成了个盐贩子，但是对程家大爷的那份敬意却是一点都没有减少！小程你既然提出来要参与贩卖私盐，肯定是在心里也存着要振兴你们程家的念头，作为前辈，我愿意帮你这个忙！

"不过或许你秉承了程家的经商要术，但是在走私这一项上，你还是要万分小心！就算是有我和老宋的门路在这里帮你罩着，只要你一个不小心，多少还是会栽一个大跟头！现在的官府，正事无为，但是抓我们这些人、抢我们这些人的银子却是精明得很！"

"两位前辈说笑了，我是个晚辈，可不敢跟两位前辈抢饭碗，"程暮飞微微一笑，第一次展现出他的商业智慧来，"学生想的，是要用这三万担私盐做本钱，委托范大哥代为销售，无论今后数量是否有变化，范大哥都可以获得一成的利润作为酬劳！至于我，还是

老老实实等着范大哥帮我送银子来的好。就算是以后我想要重新振

兴程家，也不会在这条在线和两位老人家抢生意！"

第三节　宗门复起

"哈！"范成一声怪笑，首先跳了起来，"原来你小子是想要当甩手掌柜，不出一点力气看着我们两个老家伙给你当长工啊？看你年纪也不大，咋这么早就装了一肚子的坏水？"

"不过，我喜欢！这才是咱们商人的本色，这才是咱新安人应有的脑子，嘿嘿，这可是你说的，一成的利润，可不能悔改！"范成赶紧招呼人拿来了纸笔，就这么在酒桌上签署了一份协定下来。

范成随性直率的性子同样的也是博得了程暮飞的好感，更不要说在新安商界一贯的默认潜规则下，程暮飞并不担心这中间会不会有什么陷阱在里面。

新安一脉的规矩，行走在外，相互帮持，凡遇外敌，一致对外。

私盐的走私贩卖确实是有着数不清的危险，但是高风险的同时也附带着超高的利润，三万担私盐看似不多，但是只要一经贩卖，获得的利润绝对是一笔天文数字，就算是仅仅抽取一成，也是一笔不菲的

数目，足够让很多人为之疯狂。

范成从事这一行已经多年，自己手下贩卖的私盐就已经不可计量，现在多出三万担并不算是什么，何况还有一成的利润可拿。而且比这一成利润还要重要的是，在他看来，程暮飞作为程家的后代，只要给予他合适的机会、适当的帮助，他的崛起基本上是可以预料的，现在在他起步的时候和他结成良好的关系，绝对要比他日后风光了再去巴结感情来得真诚。

像这样于己无损、又一箭双雕的好事，他何乐而不为呢？

"如此一来，小先生你我也算是生意上的伙伴，日后还请小先生多多照拂才是啊！"宋老爷收起一纸协议，笑容显得越发的随和，"小先生难得出门一趟，不如此次就陪同我们两个为老不尊的老家伙在这山野林间小住几日如何？"

"宋老爷说的哪里话，长者有命，学生自当陪同。"程暮飞赶忙赔笑。

接下来的数日里，程暮飞与范成等人饮食起居全在一起，三人竟有了忘年交之感，彼此感情更是逐步加深。尤其是程暮飞虽然年少，但是若论起行商经验来，竟然丝毫不比这两名老江湖要少，虽然这些经验之谈还是停留在纸上谈兵的阶段，但是仅仅这样的理论已经让范成等人大吃一惊，除了这些经商的理论，对于世界各地的风土人情、饮食习惯，程暮飞手中所掌握的，竟然是比这两名老江湖加起来的还有多上许多！在谈论到一些边塞之外的人情世故的时候，范成与宋老爷很多时候都是像小孩听故事一样饶有兴致地听程暮飞讲述，自己完全沉浸在程暮飞的描述中。

　　宋老爷不由深深感叹，即便是已经没落的程家，其传承留下的内蕴仍然像是蛟龙的洞穴一样深不可测，拥有这样宝贵遗产的程暮飞就像极了浑金璞玉，甚至不需要丝毫的雕琢，只要时间的流水轻轻将上面的浮尘擦拭掉，凭借他自己的光华就足够引起世人的瞩目！

　　又停半月有余，程暮飞便打算辞行。由于他出门匆忙，仅仅是在桌子上面留下了一封便签便在昏昏沉沉的睡梦中被带到了这片深山之中，在新安老家那里虽然没有什么人真的在意他的存在或者消失，但是他总归是学舍里面的一员，总是还有习祭酒夫妇这两名慈祥的老人在关心着他。离开得太久，总归是没有所谓的归属感的，只有回到那个陌生而熟悉的小破屋里，他才有一种真切的到家的感觉。

　　范成和宋老爷挽留再三，无奈程暮飞去意坚决，两人也就不好再挽留。不过临行的时候，范成还是悄悄地叮嘱了送程暮飞的人，让他们尽管带着程暮飞在路上游玩，不用太快送他回家。

　　就这样，昏昏沉沉中只花了一日一夜的路程，生生的就被这几名尽忠职守的仆役拖延到了整整一个月。基本上徽州、河南交界一带的所有风景名胜都被游览了一遍，各地的土产名吃都尽数尝过了鲜，程暮飞一行人才姗姗来迟地抵达了他在新安的小家。

　　"这是……怎么回事？"程暮飞回到家乡，在他原来居住的那条街道却是再也找不见他的小屋，取而代之的是一座辉煌的豪宅大院，亭台楼阁、假山花园无一不全，往来的仆役络绎不绝，站在围墙外观看的孩童不时发出惊叹的声音。

　　程暮飞心中一阵酸涩，自己外出最多也不过是数月光景，现在甫一回来，竟然连一个小小的栖身之所都没有了？相比那还远在天边不

知道什么时候才会兑现的财富，他忽然觉得没有什么好得过自己的那一座小破房子了，顿时就觉得人生暗淡，心灰不已。

"诶呦，这不是程家大侄子吗，您回来了这是？"

就在程暮飞心头莫名伤感的时候，王家二嫂拉着李家媳妇一路小跑赶了过来，脸上还带着一种通俗上被称之为谄媚的笑容，"我说程家大侄子，你这是在哪发财啊？这才几个月，你看看这房子，啧啧，这可真是气派，一点也不比当年的大爷差啊！"

"二婶，您，您说什么呢？"程暮飞脑子一时有点不够用了，随着王家二嫂这么一吆喝，四周顿时围上来一群乡亲，原来熟悉的不熟悉的、见过的没见过的，全都是脸上带着一股子谄媚的味道上来跟程暮飞说话，热情的眼睛里面都能冒出火来，反倒是搞得程暮飞唯唯诺诺，不知道应该先跟谁说话好。

"小先生，现在您知道为什么我们一直带着您转圈子，一直在外面不回来了吧？"送程暮飞回乡的几名仆役中，最年长的一位站了出来，指挥着那些在豪宅进进出出的仆役把涌上来的人统统挡在了外面，拉着程暮飞的胳膊迈进了那座奢华的豪宅。

"这间宅子是我家老爷和范成范大爷送您的礼物，也是老爷允诺给您的那一点添头的一部分。至于这些下人们，都是老爷亲近的人一个个精挑细选出来的，算是您救了小公子的谢礼，您安心用就是。

"如果不是时间太匆忙，其实按照老爷的原意是想要将程家大爷当年的宅院完全复制一份送给小先生的。现在匆忙之下，只好优先将当年小先生生活过的西宅建造好当做礼物了。不知道小先生可还满意？"这名老奴嘴上说的云淡风轻，心里也是暗暗咋舌。尽管先前已

经得到宋老爷的授意，心中有了准备，但是在看到了这宅院之后，还是不由得对当年程家的辉煌感到了震惊。这才仅仅是当年程家大宅的一部分而已，除此之外，程家还有一园、二楼、三院、四居，如果能够全部重现，那又该是怎样的灿烂辉煌景象？

"这是……"程暮飞循着儿时已经模糊的记忆，漫步在这间豪宅中，不知道宋老爷是怎么找到的当年的图纸，这里的一砖一石，无一不带着当年的熟悉的味道。或者更熟悉的，是在这乡间那种令人厌恶的虚伪的表情，一如当年的那些人一样，从未改变过一点点。

老仆并没有在这里多停留些时日，他们的任务就是恭送程暮飞安全回家，并且将宋老爷的善意带到。现在任务完成，留下也只是多余。

一切都不一样了，仅仅是几个月之间，程暮飞的人生际遇已经大不相同，每天登门拜访的人络绎不绝，尤其是原本视他如败家狗的沈家最为勤快，自他回来才不过几天，已经把自己家女儿的婚事和程暮飞定了下来。另外几家小姓更是送上无数的贺礼，遮遮掩掩地将自己家的女儿送来了程府。

不得不说，自从当年对程家落井下石的那一部分新安族人脱离了新安本家之后，原本在新安强势一方的所谓"新安四家"的本家就已经没落了，世人所说的"新安四家"已经成为了苏杭江南地区的汪、许、江、沈四家的代称，再与新安的这些本家无关。

他们就好比是没落贵族再怎么重温当年的辉煌也只能无奈地讨好现实中暴发户一样，面对现在大有回复当年荣光的程暮飞，就算心中挂不下面子，也只能无奈地出来讨好。

"毕竟，那可是程家！只要能够恢复哪怕一半的实力，那，也是

一个坚固无比的靠山啊！"所有的人都这么安慰着自己，然后继续阿谀地讨好着程暮飞。

娇妻、豪宅，滚滚而来的财富，一切都好像是梦幻一样呈现在程暮飞的面前，似乎他过去曾经失去的，现在又统统地回到了他的手中，站在人前，他不再需要畏畏缩缩看人的眼色行事，相反的，现在数不清的人围绕着他看他的眼色行事。他十分享受这种感觉，这种他原本就有资格、就应该享受的资格！

第四节 蛇欲吞象

婚礼将在下个月初五举行，而范成方面也派人送来了消息，再过几日就会将这批贩卖私盐的获利给他送来。程暮飞忽然觉得，他现在的人生似乎就已经十分的圆满了，二十几年的辛苦没有让他沾染上什么坏毛病，一直以来只想要吃好穿暖、想要有朝一日振兴程家，而现在这一切似乎已经实现了。

他现在手握享受不尽的财富，和自己心爱的女人马上就要完婚，除了在官场上有什么作为，人生几乎完美。就作为一名商人来说，他可以真的说是已经无欲无求，只要每日像一个富家翁一样休闲享受就好了。

生活的落差给程暮飞带来了强烈的冲击，一夜暴富的感觉给了他强大的满足感和成就感，但是隐隐约约的他又觉得自己仿佛是丢了什么东西一样，不论他怎么想都想不出来。

程暮飞就在这种安安稳稳的日子下平静地度过了一年半的时间，

除了会定期地拜访一下宋老爷和范成，对食盐的走私规模和数量进行扩大之外，他基本上就是每日足不出户地窝在这座豪宅中，时而大脑空白，时而若有所思，更多的时候，是用黑布蒙着自己的双眼，凭着记忆、凭着感觉在这座宅院中行走，找寻自己心心念念的失落掉的东西。

这一日，程暮飞从范成处回来，没有一个人蒙着眼在宅院中游荡，也没有去和自己的妻子温存，反而是静静地坐在小阁楼，亲手泡上了一壶西湖龙井，派了管家去将自从他回来那日就没有见到过的习祭酒请了过来。

习祭酒来到，神色却是严肃无比，不复往日的慈祥。

"老夫先前还在思考，你要再过多久才会将老夫请过来，甚至老夫曾经还想过，你会不会直到老夫入土之后，都不会想到要将老夫请过来，不过现在看来，老夫的这个想法，却是多余了。"

"习祭酒，您老人家确实是想太多了。"程暮飞亲手给习祭酒沏上一杯茶水，恭恭敬敬地送到习祭酒的面前，"学生这些时日一直在想，但是始终都想不到自己究竟在得到这些之后丢失了什么，想不到自己在追求什么，甚至想不通为什么学生在享受这一切的时候，都有一种内心不安的感觉在里面。"

"哦？你想到了？"

"是，也不是。"程暮飞摇头，眼睛中闪现出一种被称之为野心的光彩，"所以，学生才专程请了您过来。"

看到了程暮飞眼中的光芒，习祭酒浑身一颤，不由得感叹："整整二十年了，老夫终于又看到了这样的目光，这样让人心寒、又让人

激动颤抖的目光！"

"整个新安，没有什么人敢说比祭酒您更加拥有资历，没有什么人比您对当年的事情更加清楚！先生先前常教导学生，不论什么时候，都不能丢了为人师表的一颗正心，不能丢了新安人的秉性！现在，学生只求祭酒，能够还学生一个清清白白！"

程暮飞目光灼灼，习祭酒被这率直的目光注视，心中忍不住重重地叹了一口气，缓缓开口，开始讲述这一段尘封往事。

"当年，你的父亲程步天乃是天下有名的商贾，家中所积聚的财富不说是富可敌国，至少也是雄踞一方，在天下商贾中有着泰斗之尊。然而就在那一年，神宗昏聩无能，朝政为一班奸佞弄臣把持，各种党派林立对峙，纷争不断，彼此相互倾轧，为此连带牵连的普通人不知道有多少。而我，也是在那个时候萌生了远离朝堂的念头，不想正是这一念之间让我避过了那一场浩劫。

"想必那一年的东林党之乱的事情你也是有所耳闻，甚至这件事情一直到现在都没有平息，余波还在不断的震荡之中。"习祭酒摇摇头，"而你的父亲，就是在那一场动乱之中受到了波及，偌大的家产，转瞬湮灭，归入官府。

"但是这却不是事情的重点！"习祭酒的情绪忽然变得激动起来，"就算是所有的财富一夕之间化为乌有，凭借你父亲程步天的才识和人脉，只要假以时间，未尝没有东山再起的希望！但是就在你父亲落难的时候，同为新安五霸的其余四家，竟然以沈家为首，对你程家落井下石，生生将程家的境况打入到了万劫不复的地步！

"当时，你的母亲的娘家素氏在苏杭地带还经营着几家药行和丝

行，家境不算富裕却也殷实，程家衰败之后大爷被困在牢中受牢狱之灾，原本你的母亲是打算将娘家的这一产业变卖，上下打点将大爷先保出来再说，但是谁知道在这个关头沈家竟然联手其他几家杀向苏杭市场，不仅一下子斩断了素氏的货物来源，还将所有的商路全部霸占，大爷一手打下来的门路也被他们几家完全瓜分，生生垄断了苏杭的市场直到今天。

"苏杭是个聚宝盆，当年大爷就是从那里起家致富，却怎么也没有想到，自己生命的最后也是在那里落幕。没能筹集到银子打点，大爷很快就受不了官府的拷打折磨，生生冤死在狱中，而你的母亲没有过多长时间也患了不治之症撒手人寰，只剩下你留在新安老家，靠着乡里乡亲接济过活，直到今天。

"沈家他们坏了新安的规矩，在你父亲最困难的时候落井下石，所以一直到现在那些跑去苏杭的四大家族人都不被新安本家的这些人所接受，权当他们是另外的一批人，与自己无关。"

习祭酒深深叹气，"但是，新安这里毕竟是商贾气息太过浓郁，商人求利，平民百姓何尝不是如此？你不要怪乡里乡亲这些年对你的冷眼白目，毕竟在这样的环境下，这一切，都是很无奈的事情。唉！"

程暮飞的表情随着习祭酒的讲述一直在不断地变化着，到了最后，随着习祭酒的一声长叹，他的神色也最终归于平静，弯起的嘴角上甚至还透出了一丝笑意。

"原来是这样，怪不得他们看我的眼里，除了冷眼和厌恶，还总潜藏着那么一丝丝的怜悯和愧疚，原来是这样啊，嘿嘿，哈哈，原来是这样！"

程暮飞抬手将面前的杯子端起，一口饮尽，但是他却丝毫没有发现，他手中的这个杯子，里面其实一滴水都没有。

习祭酒看着眼前这个他从小看到大的孩子，再想想程家大爷的遭遇，忍不住也是一声接一声的叹息："退之，你的字是你的母亲在你父亲去世后帮你取的，所谓死者已矣，想必你的母亲是想要让你远离那尔虞我诈的商场，好好的平安过完你的这一生，凡事退三分，莫要强出头，改掉你父亲性子里的那份争强好胜吧！"

"不过好在，你现在已经有着这么一份不错的家业，就算是你的母亲黄泉有知，应该也会感到欣慰吧。"

"退之？习祭酒，您是在说笑吧？商人重利，又哪里会有什么凡事让三分、见利不争的道理？"程暮飞眨眨眼，流露出更加强烈耀眼的光芒，他伸出猩红的舌头舔舔嘴唇，似乎已经嗅到了空气中传来的血腥味。

"呵呵，习祭酒，学生似乎听说，就在苏杭一带，新安四家所垄断的丝、粮、茶、药，是个不错的行当？这样的聚宝盆，又怎么能少了我程家搅上一搅？如果，我能把那背叛出去的四家给吃掉，那岂不是更好？"

第三章

羽翼未满强过江

第一节 新安四家

太湖在苏州府西南三十里，常州府东南八十里，浙江湖州府北二十八里。其滨江之县曰：吴江、吴县、武进、宜兴、无锡、乌程、长兴，纵广三百八十三里，周回三万六千顷。或谓之震泽。吴郡志载，太湖东西二百余里，南北百二十里，周五百里。中游七十二峰，为三吴之巨浸。

举世闻名的湖丝正是生产在此地，是以四家之中的汪氏就盘踞在菱湖镇，一手垄断着菱湖镇丝、绸的交易买卖，虽然每年苏杭江浙一带都有朝廷封赐的专业采办进行收购，但是若少了汪氏点头，就连最下等的肥光丝也未必能够收得上去。是以自从二十年前素氏崩倒之后，朝廷也乐意做一个顺水人情，将采办的位子让给汪氏，只要每年的上等丝能够如数奉上，朝廷也就懒得再多过问。

汪氏接手采办职位后将湖丝分为三等，有头蚕、二蚕，末蚕之分，品质以头蚕为上。其细而白者，称为合罗，专为皇帝织造御服所用；

055

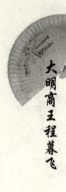

稍粗者，称为串五；又粗者，称为肥光。再往下，汪氏又精细分出两类，却不放入市面等级，一种为粗细不均者，称为角质，一种为颜色杂乱者，称为五色。这两种最残次的丝原本都是被蚕农废弃的材料，汪氏又精细分出两类，私下贩卖给边缘小国的杂牌贵族，平白又得到不少的利润。

新安许家距离汪氏的地盘并不远，在洞庭西山之下，有一片小庄园，牢牢把持着中国的十大名茶之一的碧螺春茶。这两家相互之间的生意并没有太大的交集，自二十年前那件事情之后，许家基本上已经很少和其他几家相互联系，便是汪氏这隔水之邻，也只有每年惯例的春礼上才会相互照上一面。

然而今日，在西山之下的宅院中，却聚集了沈、汪、江、许四家把持了苏杭商事的所有当家人。

"《茶解》中所说，茶园不宜杂以恶木，唯桂、梅、辛夷、玉兰、玫瑰、苍松、翠竹之类与之间植，亦足以蔽覆霜雪，掩映秋阳。我观今日这道碧螺春茶独具天然茶香果味，茶品外形紧密，条索纤细，嫩绿隐翠，清香幽雅，鲜爽生津，汤色碧绿清澈，叶底柔匀，饮后回甘，只怕是上好的特等贡茶！"江氏家主江方率先开口，他的家族把持了太湖、鄱阳湖和洞庭湖等平原和湖沼地区粮米的运营，虽然盈利不如其他三家，但其地位却是最为稳固。

"我来时见山上碧螺春茶条索紧结，卷曲如螺，白毫毕露，银绿隐翠，叶芽幼嫩，这冲泡后的茶叶徐徐舒展，上下翻飞，茶水银澄碧绿，清香袭人，口味凉甜，鲜爽生津，不由被它嫩绿隐翠、叶底柔匀、清香幽雅、鲜爽生津的绝妙韵味所倾倒。果然是不愧为吓煞人香！"

垄断药材市场的沈家家主沈不居将一枚茶叶轻轻投入水中，茶叶立即沉底，正是有"春染海底"之誉的极品贡茶。在茶叶上带着细细的水珠，仅仅几个呼吸，几乎全部都舞到杯底了，只有几根茶叶在水上飘着，多数下落，慢慢在水底绽开，颜色浅碧新嫩，香气清雅。

"银白隐翠，条索细长，卷曲成螺，身披白毫，冲泡后汤色碧绿清澈，香气浓郁，滋味鲜醇甘厚，回甘持久。饮其味，头酌色淡、幽香、鲜雅；二酌翠绿、芬芳、味醇；三酌碧清、香郁、回甘，真是其贵如珍，宛如鉴赏一件工艺奇珍，个中妙境，可遇而不可求也。"沈不居点点头，看到另外两名家主的神色均是露出茶不知味的样子，随即话锋一转，"说起来，自从那二十年前的一次会晤后，我们四家的人也是有些时日没有现在这样汇聚一堂品茶聊天了吧。"

沈不居神色黯然，"这可惜人事更迭，不仅这人有了变化，连这茶水的味道，似乎也和当年有些差异了……"

"行了！我请你们来这里可不是让你们对我的茶叶评头论足，更不是喊你们来回忆往昔岁月的！"许家家主许瀚忍不住重重拍了一下椅背，焦躁神色显露无遗。

"今年丝市合罗价格上涨一钱三厘，串五上涨七厘，肥光上涨四厘，总量上却少了合计足足十四万斤，"一直沉默的汪氏家主汪平生开口，"有接近三成的蚕农换了买家，而且我观这几日衙门的风头也有些不对，似乎有更换采办的意思。"

汪平生静静看了许瀚一眼，"而且最近市面上的茶价也有些不太平，味道差了不少。"

"你看看，现在已经到了这一步！你们两个怎么还这么沉得住

气？"许瀚干脆直接站了起来，"我就不信你们两个没有收到消息，能干出这种事情的还能是谁？这根本就是那个人家的孽种回来报复咱们来了！就算是现在没有对你们下手，等我们两家倒霉之后，接下来，少不了就要快轮到你们了！"

"之德平日里就是这么教导你的吗？目无尊长，成什么样子！"沈不居将茶盏放下，"人说茶能养性，这许多年你却是没有一点的长进，只学会了之德的暴躁脾气，却没能学会他粗中有细、绵里藏针的本事！"

"叔父教训的是，"江方起身，向沈不居微微鞠躬，"我等父辈先后离世，确实全赖叔父一手帮扶才稳定了市场时局，平日怠慢，还请叔父包涵。"

"只是许兄说的也是不无道理，现在强势打入苏杭市场的那名叫做程暮飞的新安商人，不论是手法、气度、还是相貌，都是像极了当年的那个人，而且他的矛头很明显地指向了我们两家，所以他此来的目的必然不是简简单单的想要从我们四家手中分走一杯羹，而是打着要将我们四家彻底覆灭的盘算！这样的人，不能留，否则必然是祸患！"

"现在市场已经有些乱了，"汪平生摆弄着手上的茶盏，"巨额金钱冲击下的市场，茶、丝两行，不好支撑。"

沈不居冷冷一笑，从袖子中拿出一张纸来，平平铺在桌上。

"这是……？"许瀚凑近看了一眼，额头顿时冒出了冷汗，"叔父果然是块老姜，辣的紧！"

"哼，当年要不是程家老大死死压着我沈家一头，我沈家的成就

未必就会比那程家差！本家那些老不修一个个食古不化，不知道错失了多少良机！不然我等成就何止今天这一点点？不要说这未必就是程家的余孽，就算真是程家孽种、就算是程家的那个人他活转过来跟老夫好好斗上一场，老夫也未必会输！"

"更不要说这个还是乳臭未干的小子！"

沈不居轻轻靠在椅子上，端起桌上茶盏，悠然的饮下一口，"苏杭一带是老夫与几个兄弟冒着天大的风险打下来的江山，是我新安四家的后花园，岂容他人染指。他敢踏入这块禁地，就要做好血本无归的准备！"

"叔父妙招，不管是什么人，只要没有一块立足之地，就算是他再有钱有权有势，也不过是一块无根之木，只要有些许微风就能摧枯拉朽！"江方细细看过那张纸，也是不禁生出了钦佩，"叔父料敌于先，晚辈当以叔父为楷模，多加努力。"

"你的看法又是如何？"沈不居看向汪平生，在如今的新安四家之中，汪、许、江三姓老人离世，许瀚粗莽，难成大器，江方老成持重，稳固有余却缺少进取，唯有汪平生性格缜密阴狠，如蛇盘动，最是精明，几乎和他父亲的头脑不相上下，所以膝下无子的沈不居也是最喜这个晚辈，平时颇有来往，凡事也爱听取他的意见。

"伯父计划缜密，必然能够成功，我所好奇的是，程暮飞是从哪里得来的这么一笔巨额资金，它的出现太过突然，实在是令人不得不心生怀疑。"

沈不居点点头，"这件事情老夫已经派人出去进行相应的调查，不出数日必然会有回报。就近期收回的情报，最近十年期间并没有什

么叫做程暮飞的商人活跃……"

众人的声音逐渐低下去，一阵风吹过，那张写着地契两字的纸不禁抖动起来。

第二节 处处碰壁

太湖客栈之中，程暮飞正在专心致志地查看最近一段时间的账簿，在他的手边杂乱地堆着小山一样高的草纸，上面写着不明意义的数字，不时会有一名下人应他的呼唤走进房中，取走一张他随手书写的便条，从而去调动他带来的那笔庞大的资金。季节才刚刚摆脱了春寒的困扰，正是温和的季节，但是在程暮飞的额头上却不时地滴下几滴汗珠。

沉浸在紧密的计算和运筹中的程暮飞感觉到了一种以前从未有过的充实感和兴奋感，旁人看来枯燥无味的核算和数字，对他确实不下于一座座隐藏了无数秘密的珍贵宝库。特别是这些他花费了重金才收集到手的新安四家这些年的旧账本，更是好像电影一般一幕一幕将新安四家这些年的所有资金的流动精确无比地展现在他的眼前。

那些从小就被父母强逼着牢牢记在脑子里面的内容一件件地跳出来，一条条地对应在他所搜集到的资料中。这些生硬的经验数据

迅速地被他转化变成自己的棋子，从一开始的大胆、生猛变得内敛起来，生涩的手法也逐渐熟练，程暮飞在用一种不可思议的速度成长着，像是恢复着自己的本能一样应用着这些知识。

看着这些厚厚的账本，而且还只是精简过的一些分支的账簿，程暮飞也不禁感叹着新安四家不愧是商界翘楚，仅仅是一些分支的店铺资金流动就已经如此的繁复庞大，如果能够得以观看苏杭新安四家本家中的主账簿，不知道又会带给他怎样的震撼？

这些分支的账簿上浮现出来的图像在程暮飞的眼前结成了一张硕大无比地蜘蛛网，牢牢地将新安四家联系在一起，更加将苏杭地带的各行各业紧紧绑在一起。

这一次他出道苏杭地带，首次出手就投入巨量的资金，就仿佛是将一块硕大无比的石头投进了平静的湖水，惊起层层波澜。虽然这样会将他明显无比地暴露出来，甚至给那些有心人提前防范的机会，但是只有将这片宁静有序的池水搅拌得浑浊起来，才能在这片混乱中建立起属于自己的秩序，才能够在这片牢不可破的地带得以立足，进而发展、报复那些曾经毁灭了他的美好过去的人！

"少爷，今天还是没有人愿意租铺子给咱们，小的们已经将价格开到市价的三倍了可是那些人要么说价格低，要么就是说没有空余的铺面，总之就是不卖给咱们。"一名下人走进来，恭恭敬敬地汇报到，"可是一转眼等咱们的人走了，那些人又会开始吆喝着出租铺子，价钱还是和原来市面上的价钱一样。"

"哦？"程暮飞合上面前的账簿，双眉皱起。

"不仅仅是太湖附近，根据回报，鄱阳湖一带，苏州、杭州等

地也是如此，似乎是有什么人在专门针对我们，包括官府那里，明明在一旁就有待售待租的空房，但只要是咱们的人询问，全部都表示没有合适的店面。"

"看来我还是低估了他们这几十年间在苏杭江浙这一带的经营，竟然已经达到了这样的地步，甚至连官府都不愿意因为我而得罪他们。"程暮飞轻拍椅背，"历来官府都是最欣见商贾之间的争斗，然后他们好从中获利，但是这一次他们如此明显地表露了自己的立场，这事情确实有些难办了。"

"你先从账上提出来三千两银子，再去衙门上下打点一下，"程暮飞沉吟半晌，"就算是仍然没有办法让官府出面帮忙把这件事情处理好，也要保证官府不会在我们的生意上故意捣鬼，哪怕是只要让他们保持中立的态度也足够了！至于另外一……"

就在程暮飞要继续吩咐的时候，却看到一名负责看守交易的下人匆匆地跑了进来。

"东家，这事情不好了！有一伙地痞跑到咱们的代售处要收什么保护费，那卖东西的小兄弟才不过跟他辩解了两句，就被那群地痞打了一顿，现在那小兄弟出的多进的少，到底能不能挺过去都说不好啊！"

"什么？"程暮飞猛地站了起来，不等他开口，就又有一名仆役跑了进来，这一次却是轮到了他存放货物的库房被一伙地痞砸烂，白白损失掉数百斤的好丝好茶。

"你们还真是什么都能做得出来啊，像这种下三烂的手段都使得出来！"程暮飞青筋突起，已经处在了暴怒的边沿。

历来地头蛇欺压新人的手段不外乎是找地痞流氓捣乱，或者是在店铺上强行征收什么保护费，或者是强买强卖，而现在程暮飞身子未动，就已经有两拨地痞找上门来，如果照着现在的态势发展，只怕是今天晚上就会有杀手或者山贼强盗过来绑架勒索了！

"好，来得好啊！"程暮飞怒极还笑，从书案后转出身子，"说起来不管如何，他们到底是我的前辈，新安人士彼此扶助，情分如同血亲，来到这太湖许久却没有亲自去他们的府上拜会，说起来到时我失礼了，古语云，有朋自远方来，不亦乐乎！我们远来是客，哪里有不拜会下此地主人的道理？"

程暮飞面带冷笑，摔门而出！

太湖地区河渠密如蛛网，湖塘星罗棋布，所有城镇的总体布局都有一个共同的特点，就是傍水而建。房屋临水而建，水与建筑群形成流动与静止的对比，两者间标高又十分接近，整个建筑群似乎"浮"在水面上。走在江南水乡的道路上，随处随地都可以当做是停靠的码头，再加上河流水位稳定，更是能够四季通航。

而为了满足行船净空和缩短引桥长度，街道大都修建了高大的拱桥，河道纵横交叉，陆上道路跨河沟通，在河道交叉口处出现桥梁组群，驳岸沿河整齐布设，岸边设置了作为水陆联系纽带的埠头——临水台阶，沿河岸两侧的民居排列成线，立面丰富多彩，构成一种独具风味的"风景"。

自从来到太湖，程暮飞就全天待在房中，紧密计划着他的宏图大计，完全没时间出来游走，此时他虽然是带着一腔的怒火，但是走在如此独特的街道上，入目所见完全是和以往完全不同的风格，

程暮飞心中的怒气也消散不少，心情逐渐平静下来，开始细细思索见面之后如何措辞，好让对方放松戒心。如果可能，或者能够将对方拉成自己一方的盟友那就是最好不过。毕竟在习祭酒的描述中，当年的那件事情完全是沈家的沈不居在一手计划，其他几家只不过是利益驱使和多年的积怨，倒也是算不得主谋，日后自身壮大，留下一线生机也不是不可以……

程暮飞心中如此思索着，脚步却是不停，很快走到了镇子上最大的宅院，也就是汪家的宅院。

程暮飞上前轻轻敲了敲门，修正了一下自身的仪表。然而大门打开，还不等程暮飞开口，那名小厮就已经挂了一块谢客的牌子在门上，甚至都没有看程暮飞一眼，"砰"的一声就重重地关上了大门。不管再如何敲门，都没有人出来响应了。

程暮飞心中气恼，细细思索了一路的说辞竟然完全没有用武之地，他狠狠瞪了那块刺眼的免客牌一眼，转身离开。

不知道是不是早就已经商量好的，在程暮飞回去的路上，只要是程暮飞一行人上前敲门，对方都会迅速地挂一块免客牌出来，有些客气些的还会解释两句什么"主人身体不适"之类的，更多的则是像躲避瘟神一样躲着程暮飞等人。

提着礼物的下人看着程暮飞越来越难看的脸色，再看看手中丝毫没有少的礼物，心中不禁寒战连连。接连拜访了十几家在本地颇有名望的商贾，却是处处碰壁，没有见到一个人。甚至包括原先已经跟程暮飞有过接触和生意上的交往的那几个商家也是如此，碰了满鼻子满脸的灰的程暮飞终是难以忍耐，转身将那名下人手中的礼

物抓起，重重地抛进河中，再无心观看道路两侧的景色，闷着头向客栈走去。

而此时，一个大胆而危险的想法正在程暮飞脑海中缓缓酝酿！

第三节 群起攻之

程暮飞带着满腔的愤怒回到客栈，愤怒的他什么都没有说，一个人把自己关在房间里面，面对着满屋子的账簿，脑子里面酝酿的那个计划一直在来回翻涌，仿佛随时都会自己跳出来，然后自己形成一个疯狂的现实。

"汪氏……你够狠！"程暮飞的眼前不断地浮现那一块块写着"谢绝拜访"的免客牌，还有那一张张冷漠、仿佛在躲避瘟神的目光和表情，就仿佛是回到了曾经他还在新安是一个一文不名的穷小子的时候的生活，那种受尽人间白眼的生活是他的心里面无法躲避的阴影，更是他一直在刻意躲避的过去。汪氏的这一举动却好像是赤裸裸地把程暮飞心中的痛挖出来，然后在上面使劲地践踏，又怎能让程暮飞不怒发冲冠？

"来人！"程暮飞猛地把桌子上所有的账簿全部都掀翻下去，然后拿出一张上好的梅花笺，仔细地写了几句话上面，然后取出自己的

火漆印在信封上使劲地印了一下，这才交给了应声而入的下人手上。

"用最快的速度送到宋老爷的府上，万万不可延误，知道了吗？"程暮飞郑重地说道，见这名仆人下去了，又重新坐回到桌案后面，细细地写了十几张纸条，全部都印上了自己的火漆印，然后又一一捆绑在就饲养在他的屋中的信鸽身上。做完这些之后，程暮飞长长地吐出一口气，眼中的怒色全部消退，取而代之的是一种报复过后的痛快神色。

在接下来的这段时间里，程暮飞暂停了手上的所有商业行动和计划，甚至调回了所有尽管碰壁，但是仍旧在努力和周边的商家搞好关系，希望能够盘到一间商铺的下人。程暮飞将这些人全部都派出去，让他们尽可能地收购周边所有能收购到的蚕丝和茶叶，为此他还专门吩咐，这一次不管付出多少代价，都要将这周边所有的蚕丝和茶叶收到手中，就算是不能够全部收购到手，也要占据大部分，哪怕是用超出市面三倍、五倍、十倍的价格，也要最大量地进行收购！

而另一方面，程暮飞将自己委托范成的那批私盐抵押了一半换成现银，更是从宋老爷那里用自己在新安的宅子生生贷款出白银十万两。两笔巨大的资金在程暮飞的操控下，最快地投入到太湖一带，全部都换成了蚕丝和茶叶这些货物的成品和半成品，所有的蚕丝、茶叶价格飞涨，程暮飞的仓库也在飞速的增长着，两者的增加近乎成正比。

许氏庄园，新安四家的家主再一次在此聚会。不过这一次沈家家主沈不居并没有出席，只是托自己的侄子沈千程带了一句话来。

"我家老爷子说了，那个小家伙愿意闹就让他闹，他想怎么闹就怎么闹，爱怎么闹就怎么闹，他不会插手。"沈千程老老实实地转述

着自家老爷子的话，"我家老爷子现在正在沿海的半岛那边，好像是想和从南边来的那些外国蛮夷进行一些什么交易，所以这段时间是不会有什么功夫和空闲回来了，现在沈家暂时由我照看，这一次不能出席，十分的抱歉。"

"沈老弟你说的这是哪里的话，你我兄弟之间何必这么客气！"许瀚倒是并不怎么在意，在他看来，新安四家只有沈家还是由上一辈掌舵护航，处处压他们三家一头，大有重现当年程家地位的态势，反倒不如换这个和他们辈分相同的沈千程要来得自在。

"现在不是要谈程家那个小子的事情么？"汪平生什么时候都显得一副云淡风轻的样子，就算是他明明心知这一次程暮飞的疯狂计划是他刺激、逼迫出来，首当其冲、危险最大的也是他汪家的产业，但就现在的状态来看，仍旧是没有一丝一毫的担心的样子。

"现在太湖的行市已经完全乱了，蚕丝和茶叶的价格足足翻了数倍，甚至连其他的商品的物价都有了波动，不仅仅是太湖一带，整个苏杭地区差不多连从茶农、蚕农那里都收不上来什么东西了。眼看这又快到每年上缴蚕丝和贡茶的时候了，如果不能按时交出来，只怕这事情不好解决！"

江方将现在的大致情况说了一遍："程暮飞似乎是已经下定了决心要把许、汪两家扳倒，如果照现在这样发展下去，情况确实会变得无法收拾，别的不说，只要贡丝、贡茶出了差池，就已经够喝上一壶的了，更不要说其他的问题！

"要我说，不如就像二十年前对付程家那个人一样，先想个办法把他弄到大牢里，要么严刑拷打、要么使手段弄死他，然后咱们再想

办法把现在的市面稳定下来，不就好！"

"一样的方法用两次，你觉得还可能实现吗？"汪平生从袖子里掏出一枚扳指，慢慢地套在手指上，不断地摩挲，这是他每次思考什么阴损计划时都会有的习惯性动作。"沈千程，应该拿出来了吧，沈老爷子让你过来，肯定不会让你空着一双手，而是除了传话之外还会带些什么有帮助的东西，你说是不是？"

"难怪我家老爷子一直对你赞不绝口，这一份睿智当真是让小弟佩服得紧！"沈千程点点头，将一枚信封轻轻放在许瀚和汪平生两人之间的茶几上。

"这是五千斤最上等的合罗蚕丝，还有去年许家分出来的一份碧螺春贡茶，一直在用冰洞封存，虽然是去年的陈茶，但是味道却没有丝毫的变化！相信加上你们各自的存货，就算是上缴过之后，还能有所盈余吧，然后……"

"只要将你们手中的存货尽快脱手换成银两……呵呵呵呵，"沈千程负手在后，悠然地坐了下去。

"如果我没有记错，去年和前年，好像都是'空梅'吧？"汪平生忽然开口，眼神颇有深意。

在长江中下游地区、台湾等地，每年6月中下旬至7月上半月之间都会出现持续天阴有雨的气候现象，由于正是江南梅子的成熟期，故称其为"梅雨"，此时段便被称作梅雨季节。这一时段的空气湿度很大，百物极易获潮霉烂，故人们给梅雨起了一个别名，叫做"霉雨"。

在《五杂炬·天部一》中记述："江南每岁三、四月，苦霪雨不止，百物霉腐，俗谓之梅雨，盖当梅子青黄时也。自徐淮而北则春夏常旱，

至六七月之交，愁霖雨不止，物始霉焉"。

从初夏开始，长江流域一直没有出现连续的阴雨天气。多数日子是白天晴朗暖和，早晚非常凉爽，出现了"黄梅时节燥松松"的天气。本来在梅雨时节经常要出现的衣服发霉现象，也几乎没有发生。这段凉爽的天气一过，接着就转入了盛夏。这样的年份称为"空梅"。但是，对各具体年份来说，梅雨开始和结束的早晚、梅雨的强弱等，存在着很大差异。因而使得有的年份梅雨明显，有的年份不明显，甚至产生空梅现象。

"没错，"江方点点头，他的家族经营各种粮食相关的行当，对节气的变化最是了解，如果是在做的这些人当中有谁对天气最为了解的话，一定是非他莫属。

"由于已经连续两年出现'空梅'的情况，结合近日的天气，我们推断，今年的梅雨季节不仅仅会提前，不出意外的话还会十分的漫长，所以我家今年已经在着手加紧建造防潮的仓库了，如果防范不好，只怕会损失上不少……"

"原来你……"江方忽然看向汪平生，"有其他两家的支持，就算是今年许、汪两家不进分毫，只要稍微紧张一些，一样能够安然等到下一季节返本赚利，但是如果程暮飞大量的囤积，又不能准确地判断出节气的变化的话……"

"没错，他费劲千辛万苦囤积的那些货物就会真正成为把他拉入地狱的绳索！他现在投入多少，将来就会一丝一毫都不例外地全部亏损进去！"

"然后，我们只要再联络上一些店家好好地跟他闹上一闹……"许瀚嘿嘿直笑，"管叫他四面楚歌，有来无回！"

第四节 娇妻黄粱

当四家家主密谋的时候，程暮飞却是毫不知情，依旧还在紧锣密鼓地提高物价，疯狂地收购着各种物资，按照他的计算，这些物资最起码是今年汪氏、许氏整整一年的分量，马上就是缴纳贡丝、贡茶的最后时间，就算他们此时从外地调运，时间上也是一定来不及了。更何况就算从外地调来货物，质量上也一定难以达到标准，同样无法交纳！

在他的设想中，这几个月的时间里汪氏、许氏的人想必一定是着急得仿佛热锅上的蚂蚁，甚至他已经打定主意，如果汪氏、许氏的人来求讨，就像当初他们对待他的那样，送还他们一个大大的闭门羹，让他们也尝试一下遭人白眼的滋味。

然而出乎他的预料的是，三个月过去了，这两家仍然平静得好似任何事都没有发生一样，不仅没有四处走动，甚至根据程暮飞的观察，这两家的家主还经常带着自家的仆从外出游玩，赏花钓鱼好不快意，

更有甚者，汪家家主汪平生有意在下个月迎娶他的第三房小妾，举家上下正在热热闹闹地操办着。至于他们的店铺，虽然每日都照常开门，却没有什么商品贩卖，他们的商队更是好像放了长假一样，悠悠然地每天玩耍。

如果不是程暮飞知道自己现在手中掌握着整个苏杭地区绝大部分的蚕丝和茶叶，看到这两家的行为都要以为自己不过是做了一个美好的梦罢了，他们的样子哪里有半点担心？

难道是他们手中的储备足够？没有可能啊！程暮飞知道在江南地带，每年都会有为期不短的梅雨季节，像茶叶、蚕丝这样的货物最是不耐存放的，只要一个不小心就会受潮发霉，所以根本不能储存太多。如果不是为了一口气扳倒这两家的话，程暮飞也不会大量收购茶叶和蚕丝。像他这样大量的采购、囤积，在平时根本就是一种找死的行为。

眼看汪、许两家没有什么动静，程暮飞虽然自信于自己的计算，但是也担心自己手中的货物积压过多，特别是先前为了能够快速收购这些货物，他给那些商家打下了欠条，上面的欠款也需要尽快地兑现，所以程暮飞现在一边停止收购，一边打发人找寻合适的销售渠道。

如果不能有效地资金回流，程暮飞所能够依靠的资金就只剩下了还在范成手中的一半私盐。等到这批资金到位，程暮飞先前为了收购这些货物的欠款才能完全补上，但是却没有一点的利润可言。

然而就像是一开始找不到可以出租的店面的情况一样，现在也根本没有人想要通过程暮飞这里购买蚕丝和茶叶，即便是外来的商人，也不知道收到了什么风声，将价格压得非常低，简直与白送没什么两样。在这种情况下，虽然程暮飞满心的不愿意，但是依然不得不用这

种价格将手中的囤积减少一部分。

但即使如此，相比那天文数字的囤积，这种数量的出货还是太少、太慢了。

不知不觉间，梅雨季节悄悄来到，正如先前江方的判断一样，这一年的梅雨季节不仅来得早了很多，而且雨量、气温、时间，都是异乎寻常的过分。这场出乎预料的梅雨彻底将程暮飞的计划打乱了，他根本来不及防范这场突如其来的梅雨，数不清的蚕丝和茶叶受了潮，已经开始在仓库中慢慢地发霉变黑，仅仅一天的损失就高达三千两白银！这样的损失直接的消耗着程暮飞的剩余的流动资金，情况变得越来越糟糕。

程暮飞不禁有一些慌神，开始隔三差五的就用信鸽送一封信给范成，希望范成能够早点把银子给他送过来以解燃眉之急。然而左等右等等不来范成送的银子，反倒是等来了官府发来的一张通缉范成的公文通告。

原来范成不知道被什么人告发了，就在他进行最后一批私盐交易的时候，早已经埋伏在场的官兵立刻将他们给抓了一个正着，连一点抵赖的机会都没有。若不是范成见机得快，甩下一群手下一个人逃了出来，只怕此时见到的不是海捕文书，而是范成的人头了！

在海捕文书铺天盖地的时候，时不时有消息传来，像什么范成被捕招供出来许多同伙、范成在混乱中被人杀死、范成成功逃到了外国之类，各种消息不一而足。但有一件事情是可以确定的，程暮飞交托给范成的那部分私盐，没了。

那被可以当做最后曙光的银子，就这么没有了。

程暮飞瞬间觉得自己的天地一下子就轰然崩塌了，在他颤抖着身子去打开那一封来自宋老爷的信的时候，他直接一口血吐了出来，险险没有晕死过去。

自从范成逃亡，许多曾经和范成有关系的老主顾都被挖了出来，宋老爷自然也不例外，甚至他还是被重点照顾的对象，不仅仅所有的家产全部充公，连他的儿子小顺子都被发配到了边疆，这辈子都未必能够再回到中原，回到他的故乡，更不要提再帮程暮飞什么忙了。

如果不是程暮飞和范成、宋老爷交往的时间还比较短，当初也没有要拿一分银钱去宋老爷那里购买食盐，并且没有直接地投入到食盐的贩卖，只是单纯地从那里得到银子的支持，是以官府并没有进行什么深层的追究，不然只怕程暮飞已经被抓进大牢，万劫不复了。

内外交困，程暮飞就在这梅雨季节深深地大病一场。

天地不仁，老天并没有因为程暮飞的患病和绝望而放缓他前进的步伐，那些将茶叶和蚕丝贩卖给程暮飞的商户农家按照时间来到了程暮飞所在的客栈，满怀期待地希望能够得到当初商定好的属于自己的那一份银子。

程暮飞望着窗外里三层外三层的人群，内心一阵凄凉，他没有想到自己精心准备的那块免客牌竟然用在了这种地方。只看到了免客牌却见不到银子，这些人便忍不住开始吵吵嚷嚷，更有甚者，直接在程暮飞居住的客栈外破口大骂，什么样的污言秽语都没有落下，直接将程暮飞的祖上三代都全部问候了个遍。

"怎么能这样呢，当初说好的银钱，现在竟然给我来一句没有钱就想把我打发走？什么？退给我东西？你们当我是傻子吗，啊？我才

不要什么货物，已经卖出去的东西，又不是质量有问题，凭什么你就要退回来？退回来难道我就能变成银子？"

"我要的银子又不多，不过才纹银十两，你们东家只要从手指头缝里面漏出来一点就足够了，干什么不让俺进去见见你们东家？只要给俺十两银子，只要十两银子啊！"

程暮飞看着窗外，脸色一阵灰暗，忍不住咳嗽了起来。生病后一直照顾他的那名童儿走了过来，小心翼翼地服侍程暮飞喝了药，这才有些畏畏缩缩地对程暮飞开口："少爷，好像咱们存在账房的银子已经用完了，客栈掌柜的正催着咱们交银子呢，少爷你看这可怎么办啊？"

程暮飞看了瞳儿一眼，欲哭无泪："我们现在连住客栈的钱都没有了吗？"

童儿摇摇头，有些不忍心再看程暮飞那张灰暗的面庞。这时，窗外的声音逐渐地变得整齐规整起来，他们不再一个个地与守着大门的仆役讲述着自己要见程暮飞的要求，而是突然之间按商量好了一样，纷纷大喊着要报官，要让官府来为自己伸张正义！

程暮飞一阵苦笑，原本就因为重病有些恍惚的精神更加糟糕，他仿佛看到自己远在新安的家再次变成了一片废墟，甚至连最初的那间小破房子都没有留下，而后，又有一群拿着大刀、锁链的衙役扑向他，像是要把他带走一般！

就在他分不清什么是真实什么是幻觉的时候，他忽然感觉背后一阵剧烈的疼痛，当他扭脸看去时，却只看到露出了一脸狰狞的童儿！

第四章

逃亡龟兹夺路慌

第一节 夺路逃亡

这一刀，是压倒骆驼的最后一根稻草，伴随着浓重的血腥味，潺潺的热血流过他的后背，荡起异样的麻痒，血液的温度就好像是他存留在这个世界的最后感觉，意识瞬间变得异常的清晰与漫长。程暮飞眼前的一切都变得缓慢，就像是时间在这一瞬变得格外怜惜他的生命，让他能多品味一下生命最后的伤和痛一般。

他如何也不会想得到，最后这最致命的一击，竟然是来自枕边，来自连日来对他细心照顾，就像是照顾自己最亲密的亲人一样的童儿！程暮飞看着眼前童儿狰狞的面容，看着他手中闪烁着寒光，以及沾满鲜血的双手，虽然身心剧痛，却也有一种近乎解脱的释然。

是啊，就这么死了也好，只要人一死，生前的事情又于他何干？正像人们常说的：我死以后，哪管你洪水滔天？

但是程暮飞的心头又不断重复着"不能"二字，自己不能倒下，自己不能倒下，尽管自己的心力已经交瘁，尽管自己已经心无挂念，

已经无欲无求，已经万念俱灰，但是为什么在自己的心头却总是萦绕着一份不甘愿？

只要静静地等着，只要静静地等着再来一刀就好，为什么自己不愿意倒下？就算是自己的四肢已经逐渐无力，就算是自己连背后流动的鲜血都感觉不到，就算是连疼痛都已经麻木，但是为什么？没有愤怒，只有……不甘愿？

"为什么！为什么？"程暮飞感觉到自己的体力在一点点地流失，四肢似乎都已经变得麻木，不再听从自己的大脑指挥。严重的失血也使得他的眼前变得模糊起来，他跌跌撞撞地扑向童儿，想要抓住他，好好地问问他为什么要这么对待自己。不等他走到前去，童儿已经又是狠狠的一刀挥舞向前，狠狠地刺在他的胸前，血花飞溅如盛开的艳丽花朵。

程暮飞向后仰到，脚步不稳，竟然从窗口直接跌落了出去，正正落在那齐齐大喊着要找他见官的商人们面前。

南坊上人精于计算，但是也秉承了江南人士温婉平和的性子，即使是前来找程暮飞讨也只是局限在游行示威而已，又哪里见过这样凄惨血腥的景象？

不知道是谁大吼了一声"杀人啦"，一片静寂的现场顿时混乱起来，不远处看着热闹、权当做是在维持秩序的官差顿时也慌了起来，赶紧上前维持秩序，场面的混乱竟然一时无两。甚至有不少人都被挤下了道路，掉在了河道中，此时不仅仅是路上混乱，连河道都被堵塞，一时之间喊救人的，哭喊着要逃命的，大喊着杀人的，官府衙役拼了命要维持秩序的声音混杂在一起，仿佛是到了人间炼狱，不见血腥，

却多悲鸣。

程暮飞仰面躺倒，看着在窗口处还在向下张望的童儿，看着自己从未仰望过的天空，忽然就感觉到浑身上下那一阵难以抵抗的剧痛，这种痛并不直接，而是如同无数的小虫子在他的身体里面游走，让他有苦难言，无法形容。耳边的嘈杂变成了一片混沌，似乎有很多人在来回跑动，荡起阵阵灰尘，溅进他的鼻孔，痒痒的，却是连打一个喷嚏的力气都没有了。

不知道是谁在混乱中踢到了程暮飞的身子，程暮飞顿时从人人远离的空地被卷入到了四散奔走的人群中，原本就已经奄奄一息的程暮飞就在人群的脚下被踢来踩去，身上遍布着脚印，这种近乎凌虐的酷刑让程暮飞眼前一黑，那种撞击的疼痛却带给他的大脑一丝清明。

程暮飞艰难地想要爬起来，不知何处飞来的一脚却将他重重地踢下了道路，直直掉进了河道之中！

冰冷的河水浸过程暮飞的头顶，那种冰凉彻骨与窒息的感觉瞬间激起了程暮飞求生的本能，鲜血在他的身下绽放，将一片河水瞬间染成赤红。不会游泳的程暮飞慌乱中随意地扒上了一只船头，近乎无力的手指死死抓着船舷，耀眼的天光让他看不清船上都有些什么人，甚至连呼救的话都喊不出来。

船上的人明显是被程暮飞吓了一跳，一时竟没有一个人上前帮手。在昏迷之前，程暮飞只来得及看到了铺设在船上的一件绣着精美花纹的挂毯，上面的花纹给程暮飞一种熟悉的感觉，他的嘴里喃喃地嘀咕了一句莫名其妙的话，就此眼前一黑，沉沉地昏睡过去。

在程暮飞喃喃地嘀咕一声之后，船上原本还是一脸的戒备并没有

准备出手帮忙的几个人却是瞬间脸色大变，一种震惊得难以相信的神色浮现在他们的脸上。一直将双手抱在胸前冷眼旁观的两名异族武士更是瞬间跳起来，在程暮飞将要掉进河水中的时候将程暮飞救了起来，平稳地放在甲板上。

几个人面面相觑，最后还是看上去好像是老板样子的那个人叹了一口气，吩咐两个人将程暮飞带进了船舱内，先包扎伤口，小心照顾着。

领头的老板名叫阿兹那，是来自千里之外遥远龟兹国的一名商人，同时，也是在龟兹国仅剩的一小部分光明佛宗的信仰者。尽管现在龟兹处于一种混乱的状态，但是由于龟兹的特殊位置和曾经与中原的友好关系，像他这样的商人，还是十分喜欢出使辽阔的中原大地，采购一些在龟兹十分稀缺的商品。

根据《隋书·龟兹》记载："龟兹国，汉时旧国，都白山之南百七十里，东去焉耆九百里，南去于阗千四百里，西去疏勒千五百里，西北去突厥牙六百余里，东南去瓜州三千一百里。龟兹王姓白，字苏尼咥。都城方六里。胜兵者数千。风俗与焉耆同。龟兹王头系彩带，垂之于后，坐金师子座。龟兹国土产多稻、粟、菽、麦，饶铜、铁、铅、麕皮、铙沙、盐绿、雌黄、胡粉、安息香、良马、封牛。隋大业中（公元615年），龟兹国王遣使贡方物。"

龟兹是中国唐代安西四镇之一，又称丘慈、邱兹、丘兹，为古来西域出产铁器之地，是有名之国。另外龟兹地区气候温热，盛产麻、麦、葡萄、梨、桃等；出良马、封牛；山中有矿，故黄金、铜、铁等冶铸业闻名西域；又因处在丝绸之路干线上，中转贸易发达。在历史上龟兹曾经多次臣服归顺中原皇朝，即便是在成为其他势力的藩属的时候，

龟兹也一直和中原保持着良好的外交和商业关系，特别是在唐朝的时候，龟兹商人来到长安都城流连忘返的现象十分常见。

这种情况一直持续到宋朝回鹘的喀喇汗王朝改宗伊斯兰教，对西域诸佛国发起了旷日持久的"圣战"。改宗伊斯兰的察合台汗秃黑鲁帖木儿对龟兹的佛教教徒进行了残酷的迫害，对佛教文化进行了毁灭性的破坏。寺院庙宇尽数拆毁，佛像金身一座不留，佛经拓本焚烧一空，信众教徒斩首示众，具有千余年历史的龟兹佛教文化被破坏殆尽。当地佛教僧侣或被迫接受伊斯兰教，或逃往异国他乡，或抗拒被杀，此时已经不再藩属中原的龟兹才算是正式陷入到无奈的动乱之中，各种商业、经济的发展也无奈地陷入到停滞之中。

像阿兹那这样的佛教徒，而且还是佛宗中偏向激进的光明佛教徒的日子自此时变得更加难熬，在本土已经找不到可以发展的机会，阿兹那才带着自己的家人和几名武士来到大明朝，希望通过经商能够帮助自己成功解除家族在龟兹的危机。

但是任他如何考虑也不会想到，竟然会有一名身受重伤的中原青年出现在他的面前，用标准的吐火罗语呢喃了一句只有光明佛宗的僧众才会知道的佛号！

阿兹那摇摇头，决定不再多想，一切都等那青年醒过来再说。

第二节 身入龟兹

阿兹那这次行商采购了许多药材，而程暮飞能够在短短的三日内清醒过来也算是得益于这老天赐给的运气。从昏迷中苏醒过来的程暮飞还是处在一种恍惚的状态，每天除了在吃饭的时候能勉强和阿兹那交谈一会之外，很少能抽出精力做什么多余的事情，只要他轻轻一动，浑身就像是撕裂一般的疼痛，甚至他都无法去回忆、去思考，每次当他想要回忆那天的情景的时候，他的脑子都好像是要炸裂开来一般，这种疼痛的感觉甚至远远超过了身体上的痛感，每一次都让程暮飞如同再度经历了一遍由死到生的经历，也在无时无刻地提醒着他，他现在还是一个活人。

阿兹那的小商队已经结束了采办，正打算返回龟兹。在两个人每天短暂的交流中，程暮飞将自己的经历大致地讲述了一遍，当然有关贩卖私盐这一部分并没有说出来，只是讲述了程家和新安四家的仇怨和他来到太湖的一些情况，他说现在已经无家可归，甚至连留在内地

都有被仇家追杀的可能。

阿兹那感叹之余，对程暮飞的身份也感到好奇，只是碍于程暮飞的伤势每次都不好讲得太多，那个问题也一直被他压在心里没有机会问出来。好在当换成马车赶路之后，程暮飞的精神似乎也逐渐地变得好了不少，每天都有精神去逗一逗一同出门的小孩子，脸上也不再是苍白无力，稍微地有了血色。

"你今天看起来精神不错。" 阿兹那把今日的汤药给程暮飞端了过来，"再有少半个月就要到达龟兹了，不知道你有什么打算？要不你就跟着我往来各地走商怎么样？"

"这一路已经给先生你添麻烦了，"程暮飞赶紧将药接了过来，"又怎么好再继续麻烦您呢？像我这样的身子，跟随在您的身边也只是一个累赘而已！"

阿兹那摇摇头："虽然这些时日你我的交流算不上很多，但是很明显你应该出身一个显赫、或者说曾经显赫的商贾大家，你对天下各处的了解甚至丝毫不比我这个行走天下的商人逊色。就算你的身子差点，但你的脑子却是一块不可言喻的宝藏啊！"

阿兹那忽然将双手拢在胸前，摆出一个好像孔雀开屏一样的形状，口中念诵："孔雀大明王光明无量圆满大自在！"

这句话他是用就算是现在也已经有所失传的古吐火罗语！

"孔雀大明王光明无量圆满大自在！" 程暮飞条件反射地回了一礼，口中吟诵同样的话语，连语调都是一样的庄严肃穆。话甫出口，他却是愣了一下。这是他的父亲在他小时候教给他的一句话，似乎是在西北某个西域古国的宗门的切口。现在忽然听到同样的一句话，程

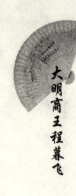

暮飞不禁在心中猜测，难道……

　　果不其然，阿兹那在听到程暮飞的回答之后立刻变了一个样子，倒不是说他的态度或神情有了什么变化，而是给人的感觉瞬间变得不一样了，好像刚刚是一个友好的陌生人，下一秒却瞬间变成了亲密的家人一样。

　　"真是想不到，在遥远的中土，竟然还会有信仰光明神宗的同修。"阿兹那满面红光地看着程暮飞，程暮飞不由心中一动，想起了家中那些书籍里面记载的有关光明佛宗的记载。

　　据《孔雀明王经》所载，佛出世时，有一位比丘遭毒蛇所螫，不胜其苦。当阿难向释尊禀告之后，释尊乃说出一种可供祛除鬼魅、毒害、恶疾的陀罗尼，此即孔雀明王咒。此外，在久远以前，雪山有一金色大孔雀王，平素持诵该咒甚勤，因此恒得安稳。有一次，由于贪爱逸乐，与众多孔雀女到远地山中嬉游，而未诵该咒，因此为猎人捕捉。他在被缚之时，恢复正念，持诵该咒，终于解脱系缚，得到自由。释尊的这些启示，就是孔雀明王及其陀罗尼为世人所知的开始。

　　孔雀明王的形象，一般都是白色，穿白缯轻衣。有头冠、璎珞、耳珰、臂钏等装饰，乘坐金色孔雀。现慈悲相，有四臂，分别持有吉祥果及孔雀尾等物。而光明神宗、也就是光明佛宗所尊崇的就是这慈祥的孔雀大明王菩萨。只不过在北宋年间龟兹脱离了西州回鹘，归附喀什噶尔汗，皈依伊斯兰教之后，龟兹佛宗已经有所凋零，更不要说光明佛宗这样的小支脉。

　　记载中光明佛宗的人十分团结，这是一种信仰高过理智的团体，所有人都秉持孔雀明王慈悲相亲的理念……想到这里，程暮飞原本已

经近乎颓废的心中忽然又燃起一丝希望，如同涅槃过后的凤凰一样，越飞越高，越飞越高！

程暮飞顿时打起了精神，半是推测半是回忆地讲述了自己的父亲在龟兹等地的游历故事，当然在话语之中也没有忘记重重地描绘了自己的父亲接受孔雀明王的引导和庇佑的经历。果不其然，经过他的这一番讲述，阿兹那对他的亲近也是越来越明显了，虽然有时候会有一些教义无法解释的逻辑错误，但是很明显阿兹那并不是什么细心的人，很容易地就接受了程暮飞"家道中落教义不全"的理由。

在接下来的半个月的时间里，剩下的一切就变得简单了许多，有了光明佛宗的同修这一身份，程暮飞终于彻底地融入了这一个完全由龟兹人组成的商团中去。生活在这个心性中还保有着传统淳朴的商团，程暮飞终于短暂地享受了一下天然纯真的生活。这种生活让他的身心都得到放松，逐渐地从在太湖的那场挫折的阴影中恢复过来，心性中属于光明的那一部分也开始在这种淡淡的温暖中茁壮成长。

快乐而轻松的时间总是短暂的，这支小小的商团终于成功而顺利地回到了龟兹，这片属于他们的土地。

程暮飞现在的身体已经恢复得差不多，不需要别人帮忙也能够自由地活动。他此时就站在龟兹城的城墙之下，望着这风格粗犷的城池，想着自己以后将会在这里浴火重生，不由生出一份激动和一份感伤。

龟兹的本土是专指包括今库车、沙雅、新和、拜城四县范围的古龟兹绿洲和拜城盆地，拥有塔里木盆地北缘气候温和、物产丰富、自然条件十分优越的大绿洲，它北镶嵌入亚洲腹地的天山山脉，南望塔克拉玛干大沙漠，东西毗连西域诸绿洲，丝绸之路横穿其境。

　　龟兹的势力曾经一度东抵轮台，西达巴楚，北控天山草原，其范围除包括塔里木盆地北道的库车、沙雅、新和、拜城四个直辖县外，还包括塔里木盆地北道各县，在其鼎盛时期，常越过塔克拉玛干大沙漠，达于阗、和田、莎车、喀什一带，成为西域五强之一的泱泱大国。

　　据史书记载，唐朝中央在龟兹驻扎守兵三万，有城七十余座，以龟兹作为统辖西域的中心，并在此设都护府，管辖着龟兹、焉耆、于阗、疏勒四大军事重镇，其范围包括整个塔里木盆地和帕米尔以西的广大地域。

　　龟兹大地得益于两条河水的哺育，它们就是著名的东川水和西川水，正是这两条母亲河的滋润，使得大月氏和乌孙龟兹相互扶持弥补的族落茁壮成长，更成为中原皇朝首守卫边塞地区的中坚力量。

　　而现在，脱离了中土皇朝管辖的龟兹看似平静，却有数不清的暗流涌动，而这股暗流，程暮飞却有十分的把握，要将它变成助自己扶摇九天的冲天之凤！

第三节 十贯客栈

进入城中之后，程暮飞并没有听从阿兹那的建议，跟随阿兹那一起去加入阿兹那隶属的商团总部，而是委托阿兹那把自己身上仅存的那一枚玉佩用十贯钱的价格卖了出去，然后，他就带着这仅有十贯钱微笑着拜别了阿兹那等人，孤身迈步进入到龟兹城中。

经历了太湖之变，他现在有一种脱胎换骨的感觉，看着完全不同的风土人情，满腔胸怀壮志。要知道，程家的开山祖先，当年就是靠着十贯钱起家，打下了程家的辉煌！"现如今，我也是手拿着十贯钱，又有着家族的无数积累，如果还不如家祖，还不如羞愧地一头撞死！"

程暮飞并没有急着施展他的伟大计划，而是像一个普通的游客一样在这座城游览，看似随意却是处处用心打听，听坊间街头的人们闲谈。他从小就学习过许多的外国语言，加上跟随阿兹那这段时间的熏陶与交流，听懂本地人的谈话已经不成问题。当他逛完整座城池后，他来到了一座富丽堂皇，但是却没有一个客人的客栈就餐。

一顿饱餐之后，程暮飞把客栈的老板喊了过来，微笑道："我见你这客栈生意清淡，想必已经入不敷出，不知道有没有转手给我的打算？"

客栈老板佳木斯老爷感觉有些好笑，上下打量了程暮飞几眼，虽然程暮飞衣着简单，但是却气度不凡，猜其来头不会简单，但是他还是故意做出毫不在意的样子，随口问道："转手？为什么我要转手？你倒是说说，我买下这客栈又投入重金修缮一新，怎么会生意反而不如以前？又怎么会入不敷出？"

程暮飞在佳木斯老爷面前胸有成竹地侃侃而谈："根据我的了解，留风客栈原本不过是间价格低廉，靠着低层次大消费来盈利的普通不入流客栈，一向是小商小贩的最爱。但是现在您虽然把留风客栈修缮过了，各种硬件设施比原来提高了好几个档次，可惜您的工作人员的服务态度和服务能力却还是没有提高，对于真正的富商来说根本就是弃如敝屣。除此之外，由于留风客栈的低级软件在吸引不来客人的时候，高级的硬件设备同样吓走了不少原来的客人。正是留风客栈这种高不成低不就的定位，才让其陷入了现在的尴尬境地！"

程暮飞在桌子的角落摸出一块灰尘："如果不是长期没有什么客人，你的桌子上又怎么会有这么明显的灰尘？餐具不洁，这可是客栈的一个大忌！更何况，我所说的转手，并不是简单地从你的手掌把这间客栈买走这么简单。"

"那你是什么打算？难不成故意过来消遣我？"佳木斯老爷白了程暮飞一眼，"看你也不是什么有钱的人！"

"自然不是。"程暮飞微笑，"我现在身上只有十贯铜钱。想买

下这么大的客栈，就算是已经倒闭、没有什么人来的客栈也是不够的。不过我相信就算是佳木斯老爷把这间客栈白扔了，对您的财力来说，也不算是什么大问题吧？"

"哦？"佳木斯老爷双眼一沉，"看来你倒是做了不少功课，不知道你又有何高见？"

"我希望用十贯钱转手这间客栈，随后，将这间客栈再抵押给佳木斯老爷，在一年之内还清贷款，每月利息为这间客栈往年每月收入的一半，如若一年之内不能还清贷款和利息，则客栈还归佳木斯老爷您，而我，愿意为佳木斯老爷终生服务，不收工钱，延续三代！不知如何？"

"可以！"佳木斯老爷稍微盘算，果断同意。在细细的订好协议之后，佳木斯老爷不由好奇地问道，"不知道你有什么妙招可以解决现在的问题？如果你失败了，卖身于我可是不能反悔的事情！"

程暮飞自信地点点头："这您不用担心，只要经过我的一手调教，把相应的服务提高到硬件的程度，自然就能吸引来数不清的富商。之后我再把房价提高，确立下经营富商的战略地位，一切自然就会万事大吉！"

"你要提高价钱，你，你这是在找死还是在捣乱？"佳木斯老爷疑惑，"本来就没什么人，你在提价，根本就是不想我的客栈继续往下发展了是不？"

"如果提高了服务却不提高价钱，就算您老人家不在意亏损，难道那些商人就会放心？"

佳木斯老爷皱眉问："除此之外，客栈自身还有什么问题？"

　　"太多了！"程暮飞叹道，"首先是客栈虽然经过修缮，提高了外在档次，但内部人员却还停留在原来的水平，对要求更高的富商自然缺乏吸引力；其次是客栈的酒菜，还是以汉人的饮食习惯为主，没有考虑到南来北往的商贾大多是胡人，汉人只占少数；最后也是最关键的一点，客栈没有温馨感与归属感，自然没有办法留住客人。"

　　佳木斯老爷听程暮飞说得头头是道，不由心生敬意，他虽然是经商发家致富的一把好手，对经营客栈却是外行，但也隐隐感觉到，程暮飞指出的问题确实是影响客栈生意的关键因素。他连忙虚心请教，"不知要如何才能改正这些问题？"

　　程暮飞款款道，"首先我们要做的就是让这间客栈从里到外真真正正地成为高档次的客栈，我们应该根据客人的需要，提供个性化的服务；再来我们所需要的就是让所有的客栈标准统一，让所有的客人不管在哪一家分店都能够享受同样的待遇。我猜想老爷买下这家客栈之初，是想将客栈的招牌在整个西域打响，使每一座西域重镇都有一家宾至如归的留风客栈。如此形成一个连锁，使得老爷您自己的商队能够得到上好的休息之外还可以打响自己的名声。当然要做到这一点并不是什么简单的事情，想要让每一个客人无论在哪一家留风客栈都能享受到同样的服务和照顾，就必须加大训练和制度的制定。在此之外我们还应该完全从客人的角度出发，提供他们所需要的服务。比如为客人推荐可靠的保镖或刀客，帮客人联系下家和提供商品信息，甚至帮客人做短期的资金周转进行贷款等等。总之一句话，要使留风客栈的每一个客人都有一种家的感觉。"

　　佳木斯老爷有些惊讶地打量着程暮飞，诧异问道："我看你应该

并不是长期混迹关外的人，怎么会对客栈的生意这么内行？甚至对我龟兹的情况如此了解？"

程暮飞想了想，然后自豪地挺起胸膛："我的家乡虽然偏远，既无大明的丰富物产，又无其他并立帝国的辽阔疆土，不过幸得神灵眷顾，正好处在交通要道上，各族客商络绎不绝，因此为他们提供服务，是我们的生财之道，即便青年人也不例外。我的祖先最早就是开车马店和客栈起家，然后才逐渐富裕起来，但是也正是因为忽略了安全的保障和设置，加上只是一心谋求利润，忽略了与人为善、与己为善、广交朋友接纳善缘的基本常识，所以才会沦落到现在被仇人追杀、家族没落流亡的地步。"

佳木斯老爷若有所思地点点头，暗忖，看来财富是柄双刃剑，既可以为主人带来权势地位，也可能带来灭顶之灾。如果没有强大的实力作为后盾，财富积过多反而会成为一种包袱和累赘。他又想到自己这些年来一味欺压旁人谋求利润的事情，不由得冷汗淋漓，对面前这个年轻人的好感又上升了许多，隐隐地还生出一份亲近来。

见程暮飞神情黯然，佳木斯老爷忙安慰道："你也不用太难过，你的家族有你这样的后人决不会因为这次灾祸就灭亡，我相信你定有东山再起的那一天。而且我相信，那一天的到来并不会遥远。"他顿了顿，笑问，"如果让你来做留风客栈的掌柜，不知你能否实现我当初买下这家客栈的愿望？"

程暮飞目光一亮："如果老爷信得过在下，我保证半年之内，在龟兹所有要塞都开一家留风客栈！到时候，希望在下还能够和老爷有更进一步的合作！"

　　佳木斯老爷欣然一笑，两只手重重地握在了一起，一种说不清道不明、但是又分明存在的默契就这么建立在两人之间。

第四节 连连亏损

留风客栈再度开张，原来帮着佳木斯老爷经营的徐老板也带着自己的女儿回来了，他是这里的老掌柜了，现在看着客栈再度开张，心里不由也是一阵欢喜。

看到街坊四邻都赶来祝贺客栈重新开张，程暮飞有些志得意满。开张大吉的好日子，正好是徐老板的女儿十九岁的生日，程暮飞已在客栈中摆下了几桌酒席，在款待前来祝贺的街坊四邻和各路行商的同时，也算是酬劳一下徐老板多年来的辛苦。

作为新老板，他亲自到门外迎接前来祝贺的宾客。

看看已到中午时分，自己邀请的宾客大多也已经全数到齐，程暮飞正待吩咐李大厨开席，就见几个挽着袖子、斜披大褂的汉子大摇大摆地走过来，一个个面露邪光，呼三喊四地，那个领头的汉子只有三十多岁的样子，生得尖嘴猴腮，一脸蛮横，脸上还有两道疤痕，一看就知是常年横行不法的街头混混。

"吆呵！周老板，几天不见，生意做大了？发财了哈！"那混混老远就在招呼。

徐老板面色微变，忙向那混混赔笑道："万哥实在是太看得起在下了。在下如今已经不是这客栈的老板了，现在这客栈已经是程公子在经营，而在下现在只不过是个凑热闹的人而已。"

那混混歪着眼睛看了看程暮飞："这位小老板看着好年轻，不知道怎么称呼？"

"小弟程暮飞，万哥您近来可好！"程暮飞虽然不明底细，却也猜到个大概，像这种在别人大喜的时候出现，无非就是想打秋风占便宜而已，以前他见得也多了。

"好说，原来是程老板？既然您眼睛明快，想必知道规矩吧？"那混混傲慢地开口。

程暮飞将目光转向徐老板，老掌柜十分尴尬地小声解释："以前客栈每个月都要给万哥三百个铜板的例钱，这也是最近这段时间这条街上形成的规矩。"

程暮飞点点头："既然这样，那还麻烦你去柜上取三百个钱给万哥，然后再请万哥进去喝杯薄酒就好。"

徐老板点点头，然后从柜上取来三百个铜钱，畏畏缩缩地赔着笑脸递过钱去。

谁知道那混混却不伸手来接，只是上下反复地打量着新开张后装修一新的客栈阴笑道："你看这客栈里外装修一新，一下子提高了至少不止一个的档次，不说别的，这生意怎么说也要翻番吧是不是？要是还按照以前订的数恐怕有些不合适。再怎么说你新店开张，怎么着

也得请我们兄弟好好地喝上一杯吧？我也不跟你多要，这次就交一贯大钱好了，以后例钱改成每月六百个大钱算是没事。"

程暮飞原本想着自己息事宁人，没想到对方竟然得寸进尺。他不由得面色一沉，声音变得冷冷道："你看我这客栈还没开始正儿八经的赚钱，万哥就要先狠狠咬上一口，是不是太急了一点？"

那混混一声冷笑："你小子是新来的吧？你难道不知道我万四向来在这条街说一不二从不打折扣？我说你这生意是不是不想做了，不想做可以跟兄弟明说，兄弟帮你！"

说着他一挥手，旁边看着的几个手下立刻就将大门两旁挂着的大红灯笼给扯了下来，狠狠地扔在地上。小芳想上前阻拦，却被几个混混恶狠狠地吓了一跳，吓得直往程暮飞身后躲。

前来贺礼的阿兹那看到再这么下去程暮飞肯定要吃亏，急忙上前冲着万四连连打躬作揖地道歉赔笑："万哥，您看我这兄弟大概是不知道万哥的大名，言语上多有冒犯，还请恕罪，多多包涵。哈哈，这个钱不过是小问题，我这就劝劝他，让我兄弟照付，马上照付。"

说完回头对小芳连使眼色，让她去劝程暮飞。

程暮飞不是鲁莽的人，心知现在如果硬碰硬一定会吃眼前亏，他本来也不想在这开张大吉的时候横生枝节，何况今天还是庆祝小芳的生日，酬劳徐老板的日子，犯不着为这点小事坏了大家心情。这样一想他便强压怒火，对徐老板示意道："不好意思，徐老板，就照万哥说的数照付吧。"

见小芳惊魂未定，程暮飞心生愧疚，低声道："对不起，让你受惊了。"

"我没事，倒是你以后千万不可鲁莽。"小芳反而小声安慰程暮飞，小脸红红的，"这帮地痞在龟兹横行不是一天两天了，仗着沙里虎的威风作恶，却也不做什么杀人放火的事情，官府也顾不上处理他们，你千万不要跟他们冲突，不然麻烦得很。"

虽然示弱服软从来不是程暮飞的性格，虽然他面对着别人恶意的侮辱能够容忍，但一味的退让却不是他能够容忍的事情，尤其是在他身边还有对他亲近的人。

程暮飞一言不发入席，勉强强装笑脸，感谢众街坊和商人的捧场，宴请大家好好喝上一杯。好不容易挨到酒宴结束的时候，程暮飞压抑了许久的怒火终于爆发出来，只见他一把掀翻了桌子，咬牙切齿地咆哮："像这样的混混竟然都欺负到了我的头上，我要是不让他加倍地吐出来，就不叫程暮飞！"

阿兹那赶紧劝道："兄弟千万不可鲁莽，不可为这一点钱就得罪万四那地头蛇，不然一定是自找麻烦啊！"

程暮飞瞪着阿兹那喝问："这种混混我见得多了。他手下有多少人？几十？几百？我不信我还收拾不了这帮混蛋！"

程暮飞拍案道："我不信他一个小小的混混，能永远肆无忌惮！"

阿兹那看到程暮飞眼中的杀气，连忙劝道："兄弟千万不可冲动啊，就算你能对付万四，难道还能对付沙里虎？能对付他手下连大将军都头疼的沙盗？"

程暮飞无言以对。

见程暮飞低头不语，阿兹那拍拍他的肩头安慰道："兄弟不用难过，这个世界一向是弱肉强食。那混混见你是外乡人，所以才想给你

抖威风，好压压你的气焰以后他才好找你收钱，这样吧，明天咱们带些礼物去好好打点一番，说说好话，说不定就能把每月的例钱减下来一些。"

小芳也柔声劝程暮飞，"阿兹那大哥说得在理，你就听他一回吧，千万不要再跟那帮泼皮冲突。一个说不好他们就会回来砸店捣乱，不得安生的！"

"不去！"程暮飞断然道。如果让他跟一个小泼皮赔笑脸，他宁肯关了留风客栈。

阿兹那劝道："若是兄弟拉不下这个脸，就由我替你出面也不是不可以，我看兄弟必然是出身富贵，确实也是受不得这些窝囊气，就由我们这些人替你代理也好。"

"那你也别去，咱们现在就先按每月六百把钱交给他！"程暮飞冷冷道。

阿兹那有些不解，小声地提醒道："那样的话现在客栈就没钱可赚了，甚至以后也可能会再次被他讹诈。"

程暮飞嘴边泛起阵阵冷笑："你放心，我保证他万四收不了几回钱就得给我乖乖地滚到一边凉快去！"

阿兹那有些吃惊地打量着程暮飞，他第一次在程暮飞的脸上看到了一种不属于他这个年纪的坚毅和冷酷，在他看来，尤其是程暮飞此时的这个眼神，阿兹那自问以前只曾经在一个人身上看到过，想到那个人，他不由打了个寒战，心底无端地生出一丝畏惧之意，就仿佛是畏惧孔雀明王一样的感觉在他的心中泛起。

"明天起客栈就由你和徐老板打点，我要离开几天，出去找人帮

帮忙。"程暮飞淡淡吩咐，"小芳你也留下帮忙，每个月你帮徐老板替我看店，我给你按照账房先生的待遇给你发银子！"

"兄弟要去哪里？有什么需要我帮忙的吗？"阿兹那忙问。

程暮飞不愿多说，对徐老板和阿兹那又叮嘱了几句，便独自出门而去。

通过佳木斯老爷的推荐，程暮飞决定去拜访一名在龟兹以智谋出众而闻名的商人，普洛斯老爷。他的庄园是龟兹有名的去处，为了不引人注意，程暮飞直到天黑才登门拜访。

不过就算是这样，依旧引起了那老狐狸的不快。仆人将程暮飞领进偏厅后，普洛斯老爷便在抱怨："没有什么事最好不要来找我，咱们要尽量少见面才是。你一个初来乍到的外人，就算是有佳木斯那家伙的推荐，我也不能和你太过亲密，一旦引起本地人的反感，那我的生意也不要做了！"

程暮飞赔笑道："我遇到点麻烦，思来想去整个龟兹也就只有普洛斯老爷可以讨教，所以冒昧前来打搅。"

普洛斯老爷不悦地嘀咕道："我又不是你爹，有什么责任帮你？"

程暮飞笑道："我愿意让出留风客栈的下个月利息金的一半，向您老讨教。佳木斯老爷那间客栈的利息有多少，您老想必就是相当的清楚吧！"

普洛斯老爷神色不变，淡淡道："全部！"

程暮飞在心中暗骂这奸商贼滑，脸上却是笑盈盈的："七成，这就是我的底线了，老爷总得给我留点钱吃饭喝酒吧。"

普洛斯老爷微微颔首："成交。不过我只负责给你出主意，你的

事跟我没一个铜板的关系。"

"那是自然，我不会让您老陷入麻烦的。"程暮飞笑道，随即将地痞闹事的经过说了一遍。

"现在龟兹正是多事之秋，所以这些什么魑魅魍魉都会跳出来闹上一闹，处理这种事情一般就是两个办法，要么你去报官，不过我估计回鹘大将军应该没有心思去管你这种事情，至于另外一条路就是你乖乖低头，每个月交钱了事。"

程暮飞微笑不语，静静看着普洛斯老爷。普洛斯老爷无奈："像我这样的大户人家他们自然是不敢上门挑衅的，他们顶多也就是找你这样的小人家或者是突然冒出来的新人。像我这样找人看家护院是不值当的，所以你所能干的只有赌另一件事情了。"

"哦？赌什么？"

"要么想办法攀上回鹘大将军，要么就贿赂沙里虎，反正这个混混不是说他是沙里虎的人么，正好你可以借着这个机会跟沙里虎套套交情，假如运气好就能永绝后患，运气不好，就只能怨你自己了。"

"沙盗沙里虎……"程暮飞忽然心头一动，默默地又对那个计划作出了调整，"不知道您老人家有没有龟兹附近的详细地图？还有就是最近有没有什么针对沙里虎的消息？如果有，还请老爷您千万不要有所隐瞒啊！"

"我说你不会真的要找那个强盗吧？"普洛斯老爷一脸震惊，程暮飞响应他的，却只有一脸的神秘微笑！

第五章

东山再起入官场

第一节 沙盗送财

从庄园出来后，程暮飞牵着一匹驮满了上好的美酒和各种肉干的骆驼，独自一人踏上了龟兹东方的那一望无际的大沙漠。这是一次近乎疯狂的赌博，在茫茫的大漠中他的存在就好像沧海一粟，按照他的估计，就算在这个沙漠中徘徊上数月也未必会遇到他想要找的人。

别人出门祈求千万不要遇上盗匪，他却盼望着早遇匪徒，程暮飞每每想到这就觉得有些好笑。虽然由于不能带着向导使得危险倍增，但程暮飞不得不去冒这个险。他必须尝试一下心中那个早已反复修改了许多次的计划，只要能够完成那个计划，那么龟兹就会成为他的人生中的一块跳板，不仅仅能够帮助他东山再起，说不定还会让他真的再度创造程家家祖的辉煌事迹！

程暮飞对外放出的消息是要找到对付那几个混混的方法，所以才会出来寻找隐藏在沙漠中的沙盗，但是事实上，程暮飞又怎么会

为了那么一点的蝇头小利就拿自己的性命冒险？在他的心中有着一个更大胆的、更疯狂的想法，他要把自古以来人们常挂在嘴边的官匪勾结、匪商勾结变成光明正大的现实，不仅如此，他还要凭借着这个堂而皇之的计划去实现自己心中更为宏大的目标，那就是——走上朝堂。

幸亏佳木斯老爷给他的地图足够精确，程暮飞在三天后就来到了塔里木河畔，这里是传闻中上次镖局遇劫的地方，也是商队取水的必经之路，他相信沙盗的老巢离这里不会太远。因此他在河边水草茂盛的地方扎下帐篷，而后便开始耐心地等待。他觉得，与其在茫茫大漠中像没头苍蝇一样去找几百号人，不如守株待兔等候在河边，他相信沙盗迟早会到河边来取水。

夕阳将逝，天地昏黄，眼看一日就要过去，程暮飞回到帐篷中。他估计盗匪不会在这个时候出现，于是便想早点歇息养精蓄锐，等待新一天的到来。

然而在他刚刚放松下来时，一阵窸窸窣窣的声响传来，他转头望去，就见几个灰衣上绣着猛虎的汉子正纵马过来。程暮飞一见之下大喜过望，他从服饰上认出他们就是沙盗沙里虎的手下，正欲上前拜见，就见一个彪壮汉子纵马越众而出，慢慢来到了程暮飞面前。

不等程暮飞开口说话，就有匪徒上前将程暮飞绑了，蒙上眼横在马鞍上，纵马疾驰而去。不知道为何，这名沙盗并没上来就对程暮飞进行什么抢劫恐吓，就好像是他出来的本来目的就是要抓这么一个人一样。

"看来沙盗内部应该也得到了消息，所以才会连抢劫都顾不上，

而是上来就要抓一个人回去。不出意外，这是因为他们心急了……"

程暮飞在马鞍上被颠得七荤八素，糊里糊涂地跟着一干匪徒走了大半日，最后被扔到一间黑屋中关了起来，又忍饥挨饿过了好久，才总算有人出来打开房门，将他身上的绳索解开，推推搡搡地扔出门外。

"走吧，去见我们老大。"两个匪徒打开房门，将程暮飞夹在中间。程暮飞活动了一下发麻的手脚，这才在两个匪徒挟持下向外走去。

外面天色如墨，看不清周围情形，天空不时有呜呜的风声划过，似乎是在一片干枯的树林里面一样。程暮飞来到寨门外，正要往里迈步，就听有十几个汉子齐声断喝："低头！"

这些汉子话音未落，只见数声刀剑嘶鸣而出，组成了一个刀阵，散发着危险的光芒，似乎随时都要落下，取人性命。

若是旁人，早已被这阵势吓得双腿发软，但程暮飞之前的经历已经让他从内心到身体完全地经历了蜕变，在他的眼中，这帮匪徒的杀威刀就像是小孩过家家一般，根本激不起他心中的丝毫涟漪。程暮飞淡然一笑，整整衣衫，昂首从杀威刀下缓步走过，来到篝火熊熊的聚义厅中。

聚义厅中，高高的虎扑座椅上的沙盗正在随意地喝酒吃肉，看到程暮飞神情不变地进来，他有些意外，盯着程暮飞没有说话，似乎是想起了什么事情，又好像是正在仔细地辨认着什么。

不等他发问，他身旁已有人发声高喝："见了我们老大，你还不赶紧跪下？莫非是想找死？"

程暮飞淡淡一笑，傲然道，"当家的，如果你就是这样对待前

来拜访你的客人，只怕从此以后不会再有人愿意像我一样跟你打交道了。"

座位上的人似乎迟疑了一下，转身向身旁一名随从示意，那随从连忙搬了个凳子放到程暮飞面前。

待程暮飞坐下后，他又小声又吩咐道，"拿些酒肉给他！"

随从立刻从山洞的角落拎了一小坛酒递给程暮飞，而另一个小头目则从刚烤好的鲜美肥羊身上扯下一条嗞嗞冒油的羊腿，直接送到了程暮飞面前。

程暮飞喝了口酒润润嗓子，小心看了看左右，平复了一下自己的心情，才开口道："这次来，想必当家的也是听到了我在城里放出的风声。没错，小弟是来找你们做生意的，我这里有个计划，保管可以使当家的稳赚不赔，而且旷日持久。"

原来，程暮飞早在出发之前就在城中放出了消息，要去寻找沙盗，去和他们做生意。想必这些沙盗也是听到了风声，才直接把他抓了过来。在讲述完自己的开场白后，程暮飞见已经吸引了四周人的注意力，于是接着又说。

"就算是大当家的成功地把持了这条商路又怎么样？您又不会自己经商，到底还是要通过抢劫过往的商人才能够盈利。现在您这样把这条上路掐断，让那些胆小的商人不再敢来，您老人家又能得到什么？而且据我所知和听到的消息，他们似乎已经在联名上书回鹘大将军准备征剿沙当家。不过我倒是觉得，如果大当家能够和我做一笔生意，却是能够避免这种情况也说不定。"

座位上的人尚未说话，一边早有人接了上来："你以为老子怕

官兵？这片大漠大爷了如指掌，就算官兵倾巢而出，也摸不到老子一根毛。"

不等程暮飞接话，座位上的人先挥了挥手，开口说道："先不说那个，我说程小兄弟，别人不知道我是谁，难道你也不认识我了？"

程暮飞甫然从黑屋子中走出，双眼一直模糊不清，只不过为了不让自己气势减弱，是以并没有揉搓一番，一直到此时依然没有看清眼前人的样子。在听到这熟悉的声音之后，他也顾不得什么，使劲揉揉自己的双眼，定睛一看，却是忍不住惊呼出声："范大哥，怎么是你？"

"怎么，你以为我死了不成？"范成微笑，"那一日我遭官军追杀，情急之下藏入一辆粪车，这才逃得一命。后来几经辗转到了龟兹，却遇到沙盗打劫，不曾想他们的头领是个纸老虎，几下就被我收拾了，想想来到这边我也没什么正经的营生好做，索性就收了这一班小弟，成了新一代的沙盗头头。"

范成举碗喝酒，心中苦涩也不是外人能够明白的："大哥不是你，没有程步天这样的一个好父亲，也没有程家的经商之法，不能像你一样白手起家，大哥这辈子只怕就是要在这里终老了。"

程暮飞听得心中酸涩，只得举碗相陪，心中感慨，只见范成将酒碗一顿："大丈夫能屈能伸，就算沦落到乞讨的境地又如何？老弟坐过来，将你的计划跟我仔细说说看，看看有没有实行的可能。"

程暮飞依言坐到对面，将撮合商、盗双方合作的设想仔细说了一遍。

"范大哥，我的计划是这样的，既然现在沙漠这条商道已经被

您和您的兄弟占领，那么与其让那些商人不敢再来，范大哥也没有钱可赚，不如我们赚劫为护，以我们的实力保护那些商队安全地抵达目的地，但是我们要抽取货款一成的佣金。这样一来，互利互惠，也可细水长流。而且也少了很多危险。"

最后他说道："范大哥是明白人，肯定会明白细水长流和杀鸡取卵这两者哪个对彼此更有利，就算是生计问题也不用急在一时，更不用沦落到派人去城里收什么保护费。"

范成点点头，看向下方的人。而众盗匪听说不用杀人越货，也不用鞍马劳顿、刀头舔血就有钱可收，不由得都有些动心。只有一名老盗贼有些迟疑，摸着浓密的髯须沉吟道："你说的办法确实有着合理的地方，但是我们却未必能够准确地得到经过我们地盘的那些商队的货物的价值，我们又不能把所有的商队一一清查一遍，那些不信任我们的商队可是有的是办法欺骗我们！"

程暮飞不以为然地笑笑："难道大哥还会不相信小弟我？就算别人不信，我相信大哥却是不会不信！"

范成哈哈一笑，"老弟年纪虽轻，却是头脑精明，说一不二，不管在什么境地，我都相信老弟是干大事的角色，绝对言而有信！就算不说别的，仅凭你我昔日的关系，我也是一百个放心你！"

程暮飞感激地一拱手，"多谢大哥赞誉。大哥信得过小弟，这点货估值的事，就交给小弟来办，每批货我都给你报个数，换成钱后，按一成的比例给大哥分红。大哥所要做的就是保证商队在这一地区的安全，不让任何其他驼队经过你的地盘，剩下的事情就有小弟我一手操办就好！"

　　"而且，如果大哥能够帮助我顺利完成这个计划，小弟有十足的信心能够帮着大哥光明正大地再次回到中原，到时候，不仅仅是那曾经告发大哥的人，我要那些黑心的官府都要拜服在大哥你的脚下，让那些毫无作为只知道一心为自己谋求好处的贪官污吏付出他们应有的代价！"

第二节 福星上门

回到龟兹城之后，程暮飞顾不上休息，匆匆忙忙地就找到佳木斯老爷的府上洽谈事情，在说服了佳木斯老爷之后，他又开始匆匆忙忙地计划将佳木斯老爷的表亲戚，龟兹城另外一名财富通天的商贾拉入自己的计划中。

第二天一早，程暮飞细细地磨好墨汁，龙飞凤舞地写了封拜帖，然后又去成衣店买了一身绸缎衣衫换上，这才往城东富人区走去。佳木斯老爷说过他这个表弟最是贪财吝啬，擅长以貌取人，如若不这么打扮一番，只怕连门都进不去。

小佳木斯老爷的庄园占地极广，十分好找。程暮飞稍事打扮，又恢复了几分儒雅的豪门公子的风采。他施施然来到庄园门外，对守门的家丁不亢不卑地道："留风客栈掌柜程暮飞，特来拜会小佳木斯老爷，请替我通报！"

那家丁将程暮飞上下一打量，顿时收起了几分轻视，在他看来，

程暮飞那种儒雅豪门公子的气概，普通人说什么也装不出来。那家丁也是眼光活络之辈，忙接过拜帖道："请公子在此稍候，我这就替你通报。"

过不多久那个家丁就走了出来，只不过在他的脸上多了几分冷淡，他对程暮飞拱拱手："一会儿公子跟着她进去就可以了，她会带你去见我家老爷。"侍女是个肌肤如凝脂般洁白、有着金色头发的胡人美女，抬手向程暮飞示意："公子请！"

随着侍女进入大门，即便见多识广的程暮飞，也不禁暗赞这庄园的华美。他最后被侍女领到一处偏房的门外，侍女小声道："公子请在此稍候，听到传唤再进来。"

偏殿中有胡笳鼓乐之声，以及舞姬脚铃那动人的脆响。程暮飞从珠帘中望进去，就见一个年过半百的龟兹商人躺在精美的竹榻上，谢顶的脑袋枕着一名胡人美女，还有几个同样美丽的美女在帮他捶腿按摩，他却是有些无聊地看着房中，有几个同样有着金发、穿着暴露、面容姣好的胡人美女，一曲曲最流行的龟兹乐曲在乐师的手下流淌，胡人美女的身影飘舞在这个屋子中，令人眼花缭乱。

程暮飞等了片刻不见传唤，撩开珠帘便闯了进去，径直来到舞池中央，冷眼看着床榻上的商人，舞姬见有陌生人闯进来，全部都显得有些慌乱，纷纷愣在当场。而这些舞姬一停，乐师也只得停止了演奏，房中瞬间寂静下来，所有人的目光都落到了闯入的程暮飞身上。

绣榻上的龟兹商贾稍稍抬起身子，眯起眼打量着程暮飞，好像什么都没有看到一样，他一只手拈着颌下浓密的髭须，另一只手则是把玩着两枚翡翠的玉石珠子，发出清脆的声音。

113

"小佳木斯老爷？"程暮飞用龟兹语询问仅仅是对视一眼他就感觉到这名龟兹商人绝对是个狡猾又精明的人物，酒色过度、小气贪财的外表下隐藏着绝对不能够轻视的聪慧。

小佳木斯老爷没有吭声，浅浅地抿了一口酒，这才冷冷问："留风客栈的掌柜？那个破客栈不是我那个老实巴交的笨蛋表兄在经营么，怎么，终于倒闭了？"说着一把将拜帖扔了下来，"你不过是一个初来乍到什么都不知道，然后凭着不知道什么诡异的手段占了一座小小的客栈，又不知道从什么地方打听到了我的庄园的小混混，凭什么我要在这里听你的废话？

"如果不是你用了我那个笨蛋表兄弟的名字，写的这两笔字也还看得过眼，你以为我会放你进来？趁我现在还有心情听你说话，说吧，你来这里想要干什么？"

程暮飞捡起拜帖，笑着一撕两半，他现在的心性已经不会被这么简单的方法激怒，"这拜帖只是来见小佳木斯老爷的敲门砖，您老不必当真。与其说我来这里做什么，倒不如说其实是您老需要我来这里做点什么！"

小佳木斯老爷一声冷哼："笑话，我需要你？我需要你来见我做什么？需要你求我赏你几个铜板？还是需要做我的门客吃闲饭打发时间？"

程暮飞莞尔一笑："小佳木斯老爷也太看得起自己了，你觉得自己能在这龟兹做个土财主，就以为天下人都要来巴结你？你以为我虽然是一个初来乍到什么都不知道，然后凭着不知道什么诡异的手段占了一座小小的客栈，又不知道从什么地方打听到了你的庄园的小混

混，所以我必然会对你有所求？恰恰相反，我觉得你现在也许才是那个正在焦头烂额，一筹莫展的人吧，所以一向惜字如金的你才如此烦躁吧？"

小佳木斯老爷扫了程暮飞一眼，不由怒道："你这话是什么意思？"

程暮飞淡淡笑道："近日全城早已传遍，自从悍匪沙盗纵横大漠以来，所有通向东方中原的商路都受到了威胁，甚至已经有好几拨的镖师都已经葬身在外，小佳木斯老爷是靠东西贸易才打下这偌大家业，如今财路被阻，所以当然就只能在家看舞解闷了。就连见到我这么一个顶着您的亲兄弟的名号拜见的人都会有这么大的火气。"

小佳木斯老爷一声冷哼："不过一群乌合之众，又能对我造成什么影响？我有回鹘大将军派遣的护卫军队保护，难道还怕他们会在半路上打劫我？"

程暮飞呵呵一笑："回鹘大将军手中的兵马可不是专门用来保护你小佳木斯老爷的，帮几次忙可以，时间长了的话老爷你不付出点真金白银来怎么可能？恐怕老爷你也是经不住回鹘军队的吸榨！或者说，回鹘大将军他，会不会反而借这个机会把老爷您的货物给吃了，然后推给沙盗了事？"

见小佳木斯老爷默然，程暮飞便知点到了对方的死穴，不过他并不急于说出自己的解决办法。他知道只有沉着镇定，才能将自己的智能卖个好价钱。果然，小佳木斯老爷在沉吟了半晌之后，终于沉不住气问道："你今日前来见我，莫非是有什么解决办法？"

程暮飞淡淡笑道："小佳木斯老爷也实在太看得起我了，我不过

是承接了佳木斯老爷倒闭的小小客栈的掌柜，自身的麻烦都无法解决，如今更是一文不名，哪有办法为老爷解决这麻烦？"小佳木斯老爷也是修炼成精的老狐狸，听程暮飞话里有话，立刻一拍手，对下人果断吩咐："设宴，我要好好款待程公子！"

不多时，各种美酒美食就陆陆续续地摆上餐桌，这些美食不仅仅是龟兹地方的特产，更有许多来自周边地区甚至中原独有的美食，这让程暮飞赞叹小佳木斯老爷出手阔绰的同时，更加坚信自己找上小佳木斯老爷确实是一个正确的选择！

二人只顾喝酒吃肉，谈一些奇闻逸闻，却都不提方才的话题。直到酒至半酣，小佳木斯老爷才对一名随从低声吩咐两句。

那随从点头而去，少时便捧着个大红托盘进来放到了程暮飞面前。程暮飞见托盘上盖着红布，奇怪地问："这是什么？"

小佳木斯老爷拈须笑道："这是今日一道主菜，希望公子喜欢。"

程暮飞揭开红布，仔细一看，竟然是分量不轻的几十锭大元宝。

"您这是什么意思？"程暮飞不为所动，和他的计划相比，这点银子在他眼里不值一提。

"公子既然有办法解决老夫的麻烦，这点钱不成敬意，算是老夫送给公子的见面礼，并没有其他的什么意思。"小佳木斯老爷见程暮飞并未心动，不得不这么解释，生怕会引起什么误会。

程暮飞呵呵一笑："您要是说这是见面礼，也太多了点，可是要说不是……恐怕这么点还不够晚辈出门的来回跑路钱吧？"小佳木斯老爷抚须打量着程暮飞，冷冷问："那你想要多少报酬？"

"半成！"

第三节 一条商路

"半成？怎么算？你小子可不要想给我糊弄过去！"

程暮飞拿起小佳木斯老爷送上来的银子，摆在桌上解释道："您老先不要慌张。您看，这是龟兹，而这是焉耆，这中间是塔里木河。根据我的调查。沙盗一般主要是在龟兹和焉耆之间活动，虽然有的时候也会进入龟兹城中探听一些消息，但是他们的根基却是一直盘踞在这里，没有变过。恰恰这也是通往东方的必经之路，不论是经商还是别的事情，都会经过这个地带。当日我来的时候没有遇到沙盗算是运气，但是今后路过这里的人却未必有这么好的运气了！"

"而我开出的价钱就是，凡挂着小佳木斯老爷的商队经过这一带的时候都会上缴一成的利润作为买路钱和保护费，而我则会保证货物经过这一地区的安全。不仅仅是沙盗，甚至有其他的流窜沙盗的损失都不会有！"

小佳木斯老爷一怔，跟着哈哈大笑："你可真是胆大包天，你知

117

道我每年往来各地的商队有多少？半成又是多少？我只怕你有胆子开出这个价格，却没有这个命去享受！"

程暮飞淡淡笑道："我相信是笔巨款，不过在我的眼中，却未必便是不能享受的巨款了！老实说，您的这点货物我也未必就看得进眼中了！算起来，这与你请回鹘大将军出兵护送的开销比起来，恐怕可以说是微不足道了。"

小佳木斯老爷盯着泰然自若的程暮飞默然半晌，最后终于点头道："你先说说你的办法，如果确实可行，那就照你开的条件，付你半成佣金。"

程暮飞开始用银锭作为标示物，将地图摆得更详细一些，他很快就在桌上复原了印在脑子中的地图上所有的关键地点。甚至通过他的推测，还将有可能造成更大威胁的一些危险地带也标示了出来。不说别的，仅仅就看他能这么信手拈来的标示出龟兹的地图，小佳木斯老爷已经对他又信了几分。

"这片沙漠是各大路上非常重要的必经之路，而这里是沙漠中穿行唯一的水源之地，所以沙盗一定会把打劫的地点设在这里。"程暮飞侃侃而谈，"这个地方的重要性并不总是只有我们能够看得到，而且现在的沙盗虽然抢劫的时候穷凶极恶、雁过拔毛，但是他总是不伤人性命，只抢劫财物便罢了。就像铲掉野草，又长出新的一样，一旦新的沙盗出现，那将是一股我们所不能了解和掌控的势力，那种危害恐怕更大。因此最好的办法不是消灭沙盗，而是与他们结成联盟！"

"结盟？"小佳木斯老爷一脸的莫明其妙，"我是商他是贼，怎么能够结盟？"

"没错！"程暮飞从容笑道，"在大多数时候，人都是在为利而动。如今由于沙盗的出没，使这条商路基本中断，这不仅损害商队的利益，在同时也一定程度上损害了通过抢劫商队生活的盗匪的利益。恢复这条商路，现在已经不仅仅是商人们的愿望，也是沙盗的愿望。商队与盗匪之间，在某些时候其实有着共同的利益目标，这也是双方结盟的基础。而我们目前正有这种基础存在！"

小佳木斯老爷眼里闪过若有所思的神色，微微颔首道："说下去！"

程暮飞点头道："如果小佳木斯老爷愿意从商队的利润中拿出一部分，买通沙盗，我想沙盗一定愿意给你提供一定的安全保证，只要你们的利益紧紧地绑在一起，他们已经无形中成为了您的商队的护卫和保镖。"

"什么？你的意思岂不是要让我花钱将盗匪养起来？"小佳木斯老爷怒道，"这样的办法就连白痴都不会接受！"

程暮飞微微笑道："这办法看似荒谬，其实非常合理。事实上如今沙盗在这一地区无法彻底铲除，所以只有想法与之共存共赢，寻找保证自己最大利益的方法。实际上经过仔细计算的话你会发现你能比你过去赚得更多。"

小佳木斯老爷也是精明之辈，程暮飞稍加提点他便有所领悟，立刻冷静下来，忙道："愿闻其详。"

程暮飞微微一笑："如果您老与沙盗达成秘密协议，你的商队凡经过沙盗的地盘，都拿出一定比例的货作为给盗匪的买路钱，这种方法让他们不用冒着烈日在沙漠中守候打劫，就能拿到丰厚的钱财作为报酬，他们当然乐得坐享其成。"

　　"在小佳木斯老爷这边来看，虽然多花了一些路费，不过由于其他商队在沙盗的威胁下，要么放弃这条商道，要么花钱租借您老的商队旗帜，除此之外因为商路的断绝老爷您还可以好好地赚上一笔差价！"

　　小佳木斯老爷眯起三角眼，他自然能够看出这个办法有着非常之大的可行之处，不过他还是不由捋须沉吟道："但是你的这个计划的最重要的地方就是双方遵守协议，我可不认为这些沙盗会老老实实地遵守协议。"

　　程暮飞笑道："我与沙盗的当家打过交道，就我看来，他是个聪明人，知道怎样才能使自己的利益最大化。如果他这次失信于小佳木斯老爷，那以后他不遵守协议的名声就会天下皆知，而且将面临回鹘大将军最严厉的征剿。"

　　小佳木斯老爷在心中盘算良久："最多一成，这是我能接受的最高的价钱。"

　　程暮飞点点头："您放心，我会把您的意思完整地转告给沙盗的东家，此外还请您准备些上好的美酒和肉干送到沙漠中去才好。"

　　"做什么？"小佳木斯老爷诧异问。

　　"我去见沙盗的东家，总得先送上点见面礼，才能表明您老结盟的诚意，当然不能两手空空的出发啊！"程暮飞笑着摊开手。

　　小佳木斯老爷想想也在理，点头道，"没问题，我这就令人去准备。"

　　正事既已谈完，宾主双方尽皆开怀畅饮，程暮飞虽然表面上一直表现得轻松从容，但心里却还是一直提心吊胆忐忑不已。这是他在龟兹商场真正踏出的属于自己的谋划第一步，成功与否，将决定他今后的命运，甚至在付出了这么多的心力之后，到目前为止，他所迈出的这一步才仅仅成功了一小半。

　　就在这样的日子中，程暮飞逐渐积累起了属于自己的一份财富，更重要的是，对于龟兹的各种财政情况，他也开始有了了如指掌的感觉。

　　"差不多，也应该是进行下一步的时机了！"

第五章
东山再起入官场

第四节 机会来了

由于沙盗的频频骚扰和来自西蕃的各种军事行动的影响，龟兹城内的市局动荡起来，特别是经过了几次的围剿失败之后，不仅仅是那些做买卖的商人，就连百姓也变得开始忧心忡忡起来，在这样动荡的环境下，整个龟兹市场也不由得混乱起来，虽然还没有到达崩溃的程度，却是已经呈现出了不稳的现象。

这一日程暮飞正要去找佳木斯老爷，人还没有走出屋门，就见到佳木斯老爷匆匆赶到，拉着他就上了自家的马车。

"自此那天你从外面回来之后不是一直对我说想要让我找一个机会把你引荐给回鹘大将军么？这一次大将军打算好好平定一下龟兹混乱的市场，所以把所有的商贾都叫到将军府中详谈，为了避免商家串联，甚至大将军决定要单独分开会面。我已经把你引荐给大将军了，到底最后能不能成，就要看你了！"

说着，佳木斯老爷从口袋里拿出来一张薄纸："这是你上次请我参

详的计划书，我看了看感觉大致上并没有什么需要大改动的地方，所以这次就顺便一起给你带过来了，你拿着这个给大将军看，加上你的口才和计划，想必大将军会给予你很大的支持！"

程暮飞谢过佳木斯老爷，不一时就来到了将军府，被安置在一间小屋之中。

等了大概有三四炷香的时间，回鹘大将军才姗姗来迟。他一见到程暮飞年轻的面孔，忍不住就想要摔门离开。在他看来，一个小小的年轻人就算再聪明，对现在的局势只怕也是没什么帮助的。

程暮飞高声说道："回鹘大将军镇守龟兹城这么多年，除了知人善任，用兵如神，更为人称道的是处事公正，爱民如子，所以甚得龟兹各族百姓拥戴。现在将军不如先看过小民的计划，再来评价小民如何？"

回鹘大将军被程暮飞的话吸引，而在看完程暮飞呈上的计划书后，也不由赞许地点了点头："这计划确有可行之处，特别是结尾处提出来的通过商业削弱敌国的军事力量这一点深得兵法精髓，十分的可行啊！"

"这是个人才啊！"回鹘大将军赞叹，心中暗想，"像他这样小小年纪便有这般心胸和眼光，加上敢冒奇险的大气魄，倒与我的用兵有几分神似。只是这样的人才犹如烈马，大多是桀骜不驯，假如不能够彻底驯服，恐怕日后不仅不能为我所用，一旦他的野心生出来还会对我造成诸多的掣肘。"

回鹘大将军劝道："以你的本事如果只做个客栈老板，实在是太过屈才了。像你这样的好男儿就该参加军队建功立业，身为我龟兹子民，就该为朝廷效力，好好地建功边关才是。"

程暮飞微微一笑："我既想建功立业，又不想受拘束。若封将军许

我一个特殊的身份，我倒可为龟兹的安宁略效犬马之劳。"

回鹘大将军饶有兴致地笑问："不想正式加入我的队伍，但是又想要站在我的队伍上建功立业？你需要得到一个什么样的身份为龟兹的安宁效劳？"

程暮飞一手沾茶，在桌面勾画："龟兹正处在东西往来的必经之路。但是如突厥残部、吐火罗、吐谷浑等这些周边的藩属，都是我龟兹的心腹大患！假如不能够拥有强壮的兵马、强大的经济力量，只怕随便一点点的混乱发生，都会引起他们的觊觎进攻！"

回鹘大将军有些惊讶道："想不到你一个客栈老板，竟然对西域形势了如指掌！"

程暮飞笑道："做生意就是要借势而为，若连周边环境都不了解，说不定连命都要赔掉，哪里还有继续赚钱、好好享受的机会？"

回鹘大将军捋须微微颔首："说得有理，你可有什么办法助我平定眼下、根除未来威胁？"

程暮飞摇头叹道："根除未来的威胁是多少人的梦想，却不是我一个人的力量能够做到，但是通过强大龟兹的经济和削弱他方的战力，我确实有些想法。"

"哦？说来听听！"回鹘大将军饶有兴致地道。

程暮飞道："我以西番为例，西番马体型矮小，但却有最好的沙漠耐力和最强的恶劣的环境的适应能力，如果能够通过手段先行收入这些马匹，加上西番环境恶劣很难及时补充资源，马匹产量有限，就可以在不发动战争的情况下削弱西番人的实力。"

回鹘大将军皱眉问："马匹对西番人十分重要，他们根本不可能轻

易卖掉，你的想法虽好，却是缺少实行的可能性。"

程暮飞笑道："现在双方贸易基本断绝，都是处在一种对峙而又不发动战争的微妙情况下，而西番贵族对各种奢侈品的孜孜不倦的追求，比如说产自中原的丝绸、织锦、瓷器、名茶等，都是他们最为渴望得到的东西。如果我提出以货易货，用这些货物向西番贵族交换马匹，他们一定会点头答应。通过贩卖各种物资来换取个人的享受，这在任何的种族中都不少见，更何况能够拥有大量马匹的肯定是富裕的贵族或者农场主，在他们看来，哪怕就是国家灭亡，只要战火没有烧到他的家门前，又有什么能够和他们的享乐想比？西番的马匹可以说是高原上最好的战马品种，我的方法既让这些马可以收入大将军府，也可卖到邻近的友好邻邦，这样一来，既可以有效地削弱敌人战力，又可增强龟兹城力量，何乐而不为呢？"

回鹘大将军露出深思的神色，捋须沉吟道："照你这么一说听起来有点道理，不过说起来西番与龟兹现在可是敌国，对敌贸易，哼哼，这可是叛国之罪。"

程暮飞笑道："只要能削弱敌方势力，增强我方力量，平定现在动荡的市场，略作变通何妨？再者，这种事情可大可小，就算我不去做难道就没有其他的人去做了？大将军不必在这方面和我计较。"

回鹘大将军想了想，又问："你想要我投入多少资金？"

程暮飞摇头道："我不要大将军府花一个铜板，相反，我还会每月向大将军府上缴赢利的一成作为税金。只要将军保证我在边关的自由往来，且是唯一对外的贸易商，我保证每月向大将军府上缴一百匹上好的马作为税金。如果可以，由我一手把持龟兹城的经济，我更能够让龟兹

城迅速繁荣起来！"

沉吟良久，回鹘大将军徐徐道："我可以保证你在龟兹城的绝对自由通行，且是官方认定的唯一对外的贸易商，但是你每个月须上缴赢利的两成利润和至少两百匹马作为税金。经纪上我不会插手，对你的手段还可以提供一定的宽容和帮助，只要不过格，你可以放手去做。"

程暮飞佯装苦笑："为边关出力是每一个龟兹子民的责任，即便无钱可赚我也要做下去，在此还要多谢将军成全。"

回鹘大将军微微一笑："你小子虽然年少，但精明狡诈超过了很多老练商贾。就算你说你会做亏本生意，难道你以为我会相信？你先回去准备准备吧，再将计划做得详细些，拿给我看看。只要没有什么大问题，我会将龟兹的经济大权全部放给你掌握，希望你好好把握这次机会，不要令我失望。"

"多谢将军信任，我决不会令你失望！"程暮飞拱手一拜，与回鹘大将军作别。

人才如烈马，不驯不能骑！回鹘大将军在心中默念着这句个人格言，脸上泛起了成竹在胸的微笑，他相信，在这个龟兹的地界，如果没有他的强大军力，就算是程暮飞有接天的手段，也会在一些特殊的范畴里面碰壁，只要程暮飞多碰几次壁，难道还怕他不来找自己求援，不老老实实地为自己做事？

两个人的嘴角各带着微笑，而个中含义，却是只有他们自己才会知道了！

第六章

改头换面回苏杭

第一节 新安五法

得到回鹘大将军的首肯，程暮飞走在回客栈的路上都有种想要仰天长啸的兴奋感，一直到目前为止，所有的事情都是按照他的计划有条不紊地向前发展着，龟兹、中原、回鹘、西番及边陲小国，龟兹商人、回鹘将军、沙盗、边陲将领，只要牢牢地把握好这两条线，程暮飞相信，现在的龟兹对于他来说如同遍地机遇，剩下的，就是他大展身手、吐气扬眉的时候！

徐老板不愧是经营客栈的老手，虽然以前的定位问题使得这间客栈没能够快速地发展起来，但是现在有了程暮飞的准确定位和改装，而且还有阿兹那这个行走各处的行脚商人的帮忙，以及光明教众们有意无意的宣传捧场，在程暮飞外出不在的这段时间，留风客栈已经很明显地热闹起来。

像客栈这种地方，热闹就意味着人气，人就是财富的来源，是一间客栈能够长期发展下去的动力，也是客栈的生命。而逐渐有了人气

的留风客栈，就是它繁华发展的一大标志。

"小芳，你可是变瘦了啊。"程暮飞刚进门就看到了跑来跑去招呼客人的小芳，和刚刚见面的时候相比，小芳明显变得开朗不少，晶莹的汗珠挂在她的鼻子上，显示出一种蓬勃向上的少女气息。

"程大哥，你终于回来了！"小芳用毛巾擦了一下脸上的汗水，手脚麻利地给程暮飞搬开一张椅子，沏上了一壶茶水，"这几天那些讨人厌的泼皮真的没有再来捣乱，甚至还请人送来好多的礼物赔礼道歉，说是只要有他在一天就不会允许有任何人来咱们留风客栈捣乱，你说你到底用了什么样的办法啊，竟然像他这样的人都被制得服服帖帖的，大哥你可真是有本事！"

"少捣乱，还不赶紧干活去！没看见东家才刚回来？"徐老板走过来训了小芳一句，然后恭恭敬敬地对程暮飞道，"小芳现在还不懂事，东家多担待。不知道现在东家有什么吩咐？"

程暮飞看看小芳撅着嘴离开了，摇摇头："你不用责怪小芳，好奇原本就是人之常情。等一下你就把这几天客栈的情况和支出收入简单跟我说一下，然后收拾出一间单人的房间来，不拘条件，但是要清静一些。不出意外的话，今天晚上就会有人送些东西过来。而这之后，说不准我会很少回来。

"那个地痞的事情我已经处理清楚，今后也不会有什么不三不四的人来这里捣乱，徐老板你只管放心大胆地经营这间客栈，时候差不多了就多雇几个人跑腿，老麻烦你和小芳做苦工，我总是有点过意不去。"

"东家你这是说的什么话，我和小芳拿您的工钱给您办事就是应

该的，哪里还要分什么苦工不苦工的！这间客栈我是从开始一直干到现在，眼看着要倒了，可是又让您给生生的救了回来！虽说这从来就不是我的产业，但是干了这么些年，说没有感情那是不可能的！所以就冲着您把这客栈给办红火了，我都愿意不要一个子儿地干活！"

徐老板深深地冲程暮飞拜了一拜，再不多说，干净利落地收拾出一间盖在后院的小屋，把程暮飞安排好之后又去账房开出明细，一五一十地跟程暮飞汇报了工作，然后又开始商量以后发展的章程和计划。

在傍晚的时候，果然有一队人扛着方方正正的大包从回鹘大将军府里出来，浩浩荡荡毫不遮掩地来到了留风客栈，早已经等在大堂的程暮飞赶紧招呼人把大包扛了进去，然后又拿出几两银子放在领头人的手里，妥当地送走了这些人，才开始闭门谢客、专心致志地研究这些大包里面的东西。

打开大包，果然没有偏离程暮飞的预料，正是回鹘治理下越发显得混乱的龟兹近几年统计出来的官方资料，要想制定出真正适合龟兹发展的详细的、可行的计划来，少了这些是必然不行的。先前在将军府程暮飞并没有提出这项要求，但是回鹘将军何许人也，这些基本需求又何曾不知？就算程暮飞不曾提出，他也会将这些小事安排得妥妥当当。

程暮飞只要真的做出一份让他满意的计划书来，那么给程暮飞安排一个没有什么太大实权的官职，再给予他一定的自由发展的空间，也就都不是问题了。

然而回鹘将军确实不知道，尽管在他的心目中已经将程暮飞看

得很重，但他仍然低估了程暮飞，或者说是低估了在程暮飞的身上所凝聚的整个程氏的底蕴！就在他还以为程暮飞埋头苦读那些账本的时候，程暮飞已经带着将军府中负责总账的那些人，以将军府的名义秘密地拜访了包括大、小佳木斯老爷在内的龟兹名商，除了这些有钱的商人之外，不知道为什么，程暮飞还拜访了在本地颇有声誉和名望的一些老人。等到回鹘大将军听到风声反应过来的时候，程暮飞已经带着一本砖头厚的计划书和一张简单的大纲迈入了他的将军府大门。

"在我的故乡有一个以经商而著名的地方，在那里有着基本的五种盈利的方法。这五种分别叫做走贩、囤积、开张、质剂和回易，按照现在龟兹的情况来看，只有通过合理的使用这五种经营方法，才能够一步步地将混乱的市场稳定下来，进而图谋用商业的手法来削弱敌人。这是详细的计划书，想必回鹘大将军也是没有这个心情去一项一项地琢磨翻看，所以我只是简单地讲一讲这五种盈利方法将要发挥的效用，凭将军的智慧一定就能够明白小民的计划。"

程暮飞摸着手上的计划书，脑海中所回忆起来的却是在新安流传了百年的新安五法，想到新安五法将会在异国他乡大放异彩，程暮飞的心中难免生出一阵自豪，"这是将军府上的所有会计和账房先生跟小民一起通过走访调查后总结出来的数据，配合小民的方法，大将军尽可以放心就是。

"五法当中，第一便是走贩，现在龟兹的情况正是人心浮动、惴惴不安的时候，我们首先便需要调集个人小商贩走街串巷，惊醒商业活动，维持人们基本的生活需要，并且通过走动贩卖的灵活性和便捷性将适当的生活调剂元素送入到每一个龟兹居民的身边，这种热闹的

平常吆喝声最能稳定人心，也能够将龟兹城平民阶层的最新消息随时汇报上来。

"其次，囤积、开张，则是要求针对现在的局势进行战略物资、常用屋子、价格处于低迷状态的安规物资进行囤积收购，然后开设店铺进行稳定的收购、选取、筛选、保留和贩卖，在不同的时段灵活囤积贩卖，可以将龟兹城的浪费和物资的流逝降到最低，保证不会有乱中取利的人乘机捣乱破坏龟兹城现在的稳定态势。

"而最后的这两项，则是目前龟兹城最容易盈利的方法！所谓回易，就是用富余的交换缺少的，用我们盛产的换取我们本所不生产的！事实上，现在所有的商人商队都是在使用这两种方法进行疯狂的敛财，而龟兹城的官方，回鹘大将军府却没有针对现在这种情况做出官方的规定和调整，导致有很大一部分商人在做的其实并不是用我们所富裕的交换我们稀少的，而是把我们也需要的拿去换一些毫无用处的奢侈品！

"龟兹城生产铁矿，在中原和西方的锻造技术传入之后，我们就已经可以自己锻造兵刃，但是作为不可再生的稀缺资源，却有人大量地贱卖铁矿甚至兵刃，这就造成了珍贵资源的外流和战略物资的流失，在市场变得混乱虚弱的同时，也是在不断地削弱着龟兹城的战斗力！我们所要做的就是将现在的情况扭转过来！"

第二节　程门新术

　　"我们一方面要将类似铁矿、锻造等等产业尽可能地收拢起来，用更稀少的量去换取更多的回报，然后再将我们物资充足的皮毛农牧等等流入市场进行贸易，对于某些深有宝山却不知道开发的愚昧小国，一只羊换十颗宝石或许会是一个不错的价格！

　　"至于最后一项质剂，就是放贷生钱，但是经过我和几位账房先生合计，这种方法在龟兹并没有很好的发展优势，所以，我推出了一项全新的方法，我将其称为'银行'。

　　"我可以通过联合龟兹现在所有的财主、大亨、商贾，让他们将平日里不经常使用的钱财放置在一起，存放在我用将军府的名义成立一个类似于钱庄、但是作用又迥异于钱庄的新型组织的手里，这个组织的作用就是收集大量的流动资产，不论是普通人还是官员，无论你存了多少，我都会付给你相应的利息，让你不仅降低了失窃的损失还能够得到一定的好处。而再利用这些收集起来的钱财进行投资运作，

甚至吸引龟兹城以外的国家、组织等等过来投资，等到收集起来的钱越多，我能够对外贷款、投入运营的资金也就越多。

"作为信誉保障，我会请回鹘大将军府、龟兹德高望重的十几名老人，还有伊斯兰教的几位名望远播的穆斯林为我们担保，有这些人作为见证和保证，我相信就算是对我完全陌生的人、甚至是曾经对我有所敌意的人，都不会怀疑我手下办起来的这间银行！这样一来，就算是龟兹面临着战争的威胁，这些将钱财存放在我名下银行的人同样会和龟兹共进退，在龟兹需要的时候，还可以向龟兹城借款，协助龟兹凝聚全城的财力，生则共荣，危则共战。

"当然银行的作用不止这些，而最后又有哪些需要完善和补充的，我已经在计划书中阐述得十分详细，将军可以留下来在闲暇的时候观看，而现在我要做的就是准备实践这个计划！不知道将军意下如何？"

回鹘大将军此时倒是并不慌张，他细细回味了一下程暮飞所讲解的五种方法和应对现在龟兹情况的讲解，心中大是快意。他又看了看那砖头一样的计划书，苦笑道："我都不知道这才几天你不仅看完了所有的账本，还从本将军这里拐走了不少人帮你做调查，竟然还这么快地就做好了计划，看来你已经是胸有成竹！既然这样，本将军就不再浪费时间，封龟兹财政使的文职给你，按照中原的分类，也算是从八品的官职了。

"不过这个挂职一如你所要求的，没有实际的军政大权，不会有朝廷发给的俸禄，也不是正式的在编人员，只是让你能够很好地处理龟兹的财政事务的一个官职。相应的，我们也不会对你有任何的管制，只要一切按照商量好的协议行动，本将军就给你绝对的自由！"

"只要你能把事情做好，本将军、将军府乃至整个龟兹，都是你的后盾！"回鹘大将军一字一顿，朗然一笑，"来人，为我们的财政使安排住处和办公的地方，从明天起，经政改动！万象更新！哈哈！"

终于和回鹘大将军定下了协议，程暮飞只觉得周身舒畅。接下来的事情就变得简单许多，在距离大将军府不远的地方，原本是多年前龟兹王宰相所在的那座宅子，在被人们淡忘许久之后，终于又迎来了新主人，尽管已经不复当年宰相府邸的辉煌，但是"政经府"三个金灿灿的大字，依然使得它多少回复了一些往日的荣光和威严。

程暮飞站在政经府前，身边跟着沈老板的女儿小芳，就算是要接手龟兹城，程暮飞依然丝毫不肯放松对留风客栈的经营，而一向伶俐的小芳则是被他特意地挑选出来，专门为他负责与留风客栈的联系和管理。

"程大哥你可真是厉害啊，才没有几天，就已经当上了这么大一个官，只怕以后我们见了你都要喊你老爷了！"

"你又在调皮！"程暮飞轻轻拉着小芳，迈步走进政经府，"不论在什么时候，我只是我自己而已，就算是明天大将军把他的位置送给我，我也依然只是我自己而已。你该喊我大哥就喊我大哥，我依然是徐老板的东家，过去和现在甚至将来，都不会有什么变化。"

"对了小芳，你以前应该没有上过学吧？不如明天开始，我就在我闲暇的时候教你读书怎么样？"程暮飞一边和小芳闲聊，一边在心中计算自己接下来将要进行的计划，但是他突然发现，自己身边还缺少一个助手，一个能够不拘泥于以前的经验、或者说干脆完全没有经验，只拥有创造能力的助手来帮助他。小芳在他的这几天的接触中倒

是很讨他喜欢，精灵古怪又带着龟兹城特有的开放爽朗，如果能够培养出来，应该会成为一个不错的助手！

"为什么要读书啊，我以前跟着爹又不是没认过字，帮你整整账、传传话绝对足够了，干吗还要我花那个时间去读书啊？"小芳歪着脑袋，"我又不打算做你们中原那边的大家闺秀，学了也没什么用，将来还不是一嫁人就完事了？"

"呵呵，难道你就不想跟着大哥我去中原那边看一看？"程暮飞微笑，"大哥可不会永远待在龟兹城这块弹丸之地，总有一天我要回到大明，再看一看那片广阔的天地，再在那片天地争一争。怎么，小芳，你不想随大哥我一起去看一看？"

程暮飞悠然地诱惑小芳，然后留下一个深邃的眼神就仰天大笑着向正堂走去，他要好好地布置一下，这里以后就是他最近一段时间的根据地，厅堂如脸庞，不好好装点一下门面有些不好。

程暮飞倒是并没有在心里对小芳有什么打算，那一个眼神充其量不过是一种对未知的挑衅和诱惑，但是落在小芳的眼中，却是变得有些暧昧的味道。

小芳自幼生活在民风奔放的龟兹，父亲徐老板又是开客栈的掌柜，每日带着她生活在人来人往的客栈中，每日听那些南来北往的商人游客说起天下间各不一样的风土美景，早就在小芳的心目中种下了一颗强烈与好奇的种子，如今在她心中有着一丝倾慕和懵懂爱意的程暮飞不仅允诺给她打开一扇通往外面的大门，那种诱惑又深邃的眼神更是好像在暗示着什么，这不禁在这个青涩的少女的心湖荡起了层层的涟漪。

　　"不就是看书学东西嘛！程大哥，你等等我！"在心中打定了主意，小芳赶紧加快脚步，跟在了程暮飞的身后。

　　深夜时分，范成派来的人悄悄潜入到程暮飞的书房，将范成命他送来的包裹和一封信交给了程暮飞。当初在程暮飞拜访范成的时候，除了商量盗商共赢的事情之外，还曾经提到了一部分联系龟兹官方的计划蓝图，虽然那时候只是一个模糊的概念，但是浸淫商道多年的范成深深明白一个深远的念头有时候会引导出多么伟大的成就，作为程暮飞的旧识，他更是深知程暮飞才华，所以在为这个计划的宏大和感到吃惊的时候，他也在默默地注视着事情的发展。

　　如今程暮飞入主政经府，他当然能够猜得到这一定是程暮飞计划顺利实施的一个信号，所以他连夜命人送来了上一任沙盗积攒的财富的一半作为程暮飞的启动资金，也算是他加入的一份股份。他信任程暮飞，更加相信这一次的投资，绝对会帮助他赚钱赚到瓢满钵满！

　　等到沙盗离开，程暮飞才喊出躲在书房里屋的小芳，将这些金银分了一小部分出去交给小芳，作为扩大留风客栈的资产。

　　"小芳明天你就带着这些钱还有阿兹那，一起去市面上挑门面，一切全部用最低价收购，不要出租的那种！对了，记得带上几个将军府的兵丁，现在我既然是身负政经使的职务，在开始改革整顿市场的时候，当然要趁机也为自己谋求一些利润！到时候闷声发大财，让那些隔岸观火的人吃一个大亏！"

第三节 摇身一变

自这一日起，程暮飞开始全身心地投入到对龟兹城的经济建设上来。在他先前制定的计划基础上，他详细地对小商贩的经营范围进行了规划和制定，在保证这些小商贩的基本盈利之后，开始着手制定他们每个月必须上交的税金。凡是没有能够达到要求的，就会剥夺其自由行商的资格，所有的优惠措施也会收回。由于前期有了范成的投资，在对这些小商贩的奖励政策上，程暮飞显得很是大方，这更加地刺激了这些小商贩的积极性，首月的任务竟然超额完成，顺利回流了第一笔资金。

这一笔资金并没有在程暮飞的手上停留多久，很快就和程暮飞从大小佳木斯老爷商队的分红所得一起投入到了对各种商品的囤积和贩卖当中，由于有着回鹘将军府的威慑，在龟兹各处的商贩并没有趁机哄抬价格，相反很不情愿地用近乎成本价的价格贩卖出来。通过打听才知道，在龟兹城以往的时间里，官兵如匪这句话并不是白说的，只

要将军府有什么计划征调或者囤积货物都是直接抢夺，根本没有付钱收购这一说。难得碰到了程暮飞这样温和的征调和囤积，自然不会有什么人敢大胆哄抬价格，甚至现在的这一点点价格也是定得胆战心惊。

程暮飞在哭笑不得之余并没有心慈手软，相反更加地扩大了收购规模，通过扩大留风客栈的覆盖，利用留风客栈的运营支持作为店面进行货物的中转，还有身后两名佳木斯老爷商队提供支持，范成沙盗的保驾护航，这些囤积的商品很快就流通到龟兹周边的物资短缺的地区，源源不断的金银流进了政经府的金库。

在程暮飞的坚持和将军府的施压下，龟兹本地的数处私人铁矿被强行收归到程暮飞的名下，虽然资源统一调配权利名义上归政经府，所有的盈利也是存放、记载在政经府的账上，但事实上，这些却是程暮飞不折不扣为自己吞没下的私产。

相比这些小打小闹，程暮飞更加上心的还是换购番马和银行的事情。不得不说程暮飞的运气确实很好，就在他担任政经使不到十几天的时候，以龟兹为界的南北两国不知因何原因突然开战，在两国接壤的地方每日战火不断，对于兵器和战马的需要一时之间大增，而程暮飞则在这个时候秘密出访两地君主，将龟兹兵刃输入南国，然后换取了南国数量富余的战马，之后又将这些战马剔除精壮，转手贩卖给空有贵金属矿却缺少战马资源的北国。区区价值数千两的普通刀剑，不过一个周转，就换回了百倍数量的黄金和战马，除去上缴给将军府的部分和日常运转，竟然还有不少富余在程暮飞的手里。

"看来扯虎皮挂大旗确实是让生意变得好做了许多呢，程大哥，当初你怎么就想到这么做的？难道你就是一个什么大能人的转世不成？"

程暮飞拿着手里的账本敲了敲小芳的脑袋："没事少看点那些野史杂文，天天在脑袋里转的什么？现在我正全心全意地处理银行集资和投资的问题，留风客栈的经营、那些走贩的缴税，可都是你一手在操持，出了差错大哥我可是要赔大钱的！"

"那有什么啊，不过是几间客栈、几百小商贩而已，又不是只有我一个人在看着，我爹、阿兹那大叔、还有账房里的老头子们，大家都瞪着眼睛看着呢，我都用不到你教我的那些东西就能轻松搞定！"小芳揉揉额头，"你要是想看我学到了你的几分本事，不如把马匹和刀剑的生意也交给我，说不定我还能给你扩大扩大规模，再从西番那边给你弄点好货色回来！"

程暮飞看着小芳那双在灯下闪闪发光的眸子，忽然站起来俯下身去，轻轻在她的额头上吻了一下，眼神里多了些溺爱："将来你早晚会独当一面，不仅仅是我的左右手，说不好还会是我关键的一个楔子，用这些小打小闹的东西束缚住你，确实是有些大材小用！这样吧，今天晚上只要你把这几本书全部默会，我就把除了银行之外的生意全交给你！等到什么时候你能够融会贯通了，就是我们回中原的时机！"

小芳被程暮飞这突然地一吻吓了一跳，赶紧把自己红得发烫的脸颊深深埋下去，心里又慌又喜，耳边听着程暮飞的声音，却是什么内容也没听进去，直到程暮飞抓着厚厚一大摞的书摆在她面前的时候她才回过神来。

"这么多！我恨你啊！"小芳起身作势要打程暮飞，他这才慢悠悠地扔出薄薄的一本小册子，坏笑着看着小芳羞红的脸颊。

"你要默会的是这本，其余的书籍只是你需要理解的数据而已，

看你那气急败坏的样子！"

时光荏苒，春去秋来，程暮飞每日忙于银行的事务上，为了选取更好的投资方向、寻找更多的投资人，不得不时常外出，多方游走劝说，仅仅在一个龟兹城发展起来并不算什么，程暮飞想要的，是要组建一个甚至能够在将来在他回到中原后依然为他提供有效帮助的银行！

遵循着这个理念，程暮飞每到一处新的地方都会最优先考察是不是适合银行的开设，每每吸引到一处投资，他都会用将来向大明中原发展作为试探。三年的时间，这间同样以留风为名的银行终于随着程暮飞的脚步，随着留风客栈的连锁店悄然地发展到了中原内地，就像是程暮飞在暗处种下的一粒粒种子，默默地抽枝发芽，默默地为以后的路途铺设道路。

而在范成的授意下，一些属于范成心腹的手下也跟随着程暮飞的便车，偷偷回到了苏杭地带！他们悄悄成立了一个小的帮派，专门为他人提供打手、保镖等服务，被称之为打行。

程暮飞兢兢业业地努力着，虽然政经使的职位并不在回鹘的编制之中，但是政经府的所有作为却是算到了回鹘将军府的政绩上。南北两国交战不断，周围又有许多敌对势力虎视眈眈，但龟兹城中却是一派安乐祥和，各项经济、政治指标远超回鹘治下其他地区，更不要说回鹘将军府得到的无数好马，这些无一不在向上层展示着回鹘大将军的出色才能。

就在程暮飞任职政经使的第四个年头的秋天，回鹘可汗终于发出诏书召集大将军回朝。此时的龟兹之丰饶也算得上是一方秀美，回鹘大将军不舍之余，到底还是叫来了程暮飞，进行最后一次会面。

简单的寒暄过后，大将军并没有遮掩什么，直截了当地开口。

"我马上就要回朝了，在我离开之前，我有一件礼物送你。但是在你得到这件礼物之前，你还需要回答我一个问题。"

"将军请说，在下知无不言。"

"一个很简单的问题，通向外面的商路，你是怎么打开的？"回鹘大将军看着程暮飞的双眼，"我原本以为这个问题只有我这种常年带兵打仗、固守一方的将军才有办法解决，但是你初来乍到不仅对环境不熟悉，更加没有强大的武力支持，我实在想不通，没有武力支持的你，是怎么打开的这条商路？我跟沙盗打过交道，他们的首领贪得无厌，毫无信誉可言，所以你不要跟我说什么收买贿赂之类的话敷衍我。只有解开这个令我百思不得其解的问题，我才会安心离开。不然，你的存在会成为我眼中的一种威胁！"

"这很简单，"程暮飞微笑，"因为这些沙盗早已经换了当家的，而无巧不巧的是，这位新当家的，与我是旧知！"

"天意造化，果然是天意造化！"大将军仰天长笑，随手扔了一块金牌给程暮飞。

"这是我向可汗求来的一块使者令牌，你拿着它，对外，就是我回鹘的使节，对内，就是我回鹘的贵宾！你们每一个汉人不论在什么地方内心无疑都是在想着要回到故土吧？这个，就算是我的一点心意吧！"

143

第四节 再回苏杭

程暮飞接过这面金牌，双手颤抖不已。他在这里辛辛苦苦、兢兢业业所为的不就是这么一块金牌么？现在这金牌就摆在他的面前，又怎么能叫他不激动、不动容？

程暮飞深深吸一口气，俯身下拜。

"将军大恩，程暮飞没齿难忘！"

"不消谢我，原本我是想着留下你为我效命，不过看你只用了短短这几年时间就让龟兹样貌大变，甚至惊动可汗赏赐，我就知道你是一个不会甘于臣服我这小小一隅的人物，现在给你开一个方便之门，谁知道会不会是以后为我自己留一扇方便之门？"大将军挥挥手，"时间不早，我马上就要出发，你收拾收拾差不多也可以离开了。你的政经府我会命人为你再度尘封，假如有一天你需要回来，只要报我的名字，没有什么人敢为难你！"

回鹘大将军起身离开，潇洒至极。程暮飞站在他的身后，又是

深深一拜。

"我原以为这世上只有尔虞我诈，只有熙攘利来，想不到却是我错了。龟兹，龟兹……"程暮飞神情恍惚地回到政经府，看着这里的一草一木，那种熟悉的感觉，就好像是那只存在于记忆中的家的感觉一样。他就算是闭上眼睛，也可以清晰地知道自己一步一步走在去往哪里的路上，仅仅凭着鼻尖的味道就可以判断这一间房子属于哪一个人，或者是用来做什么的。

这是家的感觉，这里有陪伴他的小芳，有时不时过来的忙碌的阿兹那大叔，有端正稳重的徐老板，有小气却好心的小佳木斯老爷，有和善又计较的佳木斯老爷，还有许许多多已经熟悉的账房等人。程暮飞摩挲着手里的金牌，心情却是十分的摇曳，隐隐的有种想要留下来的冲动。

他不知不觉间已经走到了小芳的房门前，正巧小芳抱着他送的那本书册蹦蹦跳跳地从房间里面出来，两个人顿时撞在一起。金灿灿的金牌发出悦耳的声音，和那本薄薄的册子跌落在一起，在斜映的阳光下分外漂亮。两个人赶紧低下身子去捡，各自的手却是莫名其妙地伸向了对方掉落的物件。

"步天鹏程抟万里，暮飞扬歌笑退之。——《程门商术》……"程暮飞轻轻掸去落在书册上的灰尘，凝视着写在封皮上的这几行字，心中信念却是忽地坚定下来，那个大大的"程"字，就如同活过来了一样，在他的心中盘旋，在他的眼中舞蹈。

"大哥，这个是？"小芳将金牌递过来，疑惑的眼中却是有些希冀。

　　程暮飞点点头："十日后，回大明！"

　　就这么短短的几年时间，大明已经换了皇帝，新一代的皇帝崇祯帝按照惯例在登基之后大赦天下，这使得原本还心有忐忑的程暮飞终于忍不住松了一口气。

　　想想早年间在太湖自己的遭遇，还有那些因为自己没能拿到应有报酬、现在不知道人在何处的那些人，程暮飞忍不住一阵唏嘘。虽然他不知道自己当年的那件事情最后是什么样的结果，但是他可以想得到的是自己定然是声名败坏，就算因为自己的失踪草草了事，在自己的身上官司定然还会是重重的抹上一笔。

　　除此之外更不要说他为了实现自己的允诺，将范成等人义无反顾的带了回来，一起编制在一个使节团队中。如果不能够在心理上走过这一关，如果没有这道大赦天下的诏书，程暮飞相信自己就绝对无法挺直腰板去做他想要做的事情。

　　接下来的事情其实很简单，程暮飞作为龟兹的使节，顺利地来到了大明，面见了圣上，然而接下来的事情，却是程暮飞真正想要做到、想要得到的。

　　就在满朝文武的面前，程暮飞将自己那块象征着龟兹使节身份的金牌交给了有着明显龟兹人特征的随从，向着崇祯帝真切地表明自己对大明的一片赤诚，甘愿舍弃自己在龟兹城的身份名节，舍弃自己的荣华富贵，只求得能够回归大明，重新做一名大明的子民，沐浴圣恩。

　　"草民少年时懵懵懂懂，枉读圣贤，风波之下逃亡龟兹，虽蒙不弃，得以担任龟兹政经使，调理调度财政经济，但是草民每每遥望

天朝所在，无时无刻、无日无夜不在思念回归故土，复我天朝子民之身份。而今草民终于拨得云开，得以回返天长，又蒙圣上垂怜得以瞻仰圣颜。草民得幸再踏天朝国土，又怎舍回返偏远蛮夷？情愿辞去一切，在圣上见证之下，复我身份，再不远离！"

程暮飞声泪俱下，一席话说得是字字情真意切，令在场所有人目瞪口呆，出人意料地得到了崇祯帝的赞赏。在这个世界上没有什么事情能够比一个天朝子民不忘天朝，甘愿舍弃一切回归国家这种事情更令人感动，更让一名皇帝开怀。尤其是现在程暮飞还是当着整个龟兹使节团说出的这段请辞，更加让皇帝觉得受用。因此当即皇帝便钦赐程暮飞金银爵位，荣归故里，以此表彰程暮飞一片殷殷赤子之心。而作为副手的范成此时却面露难色，在程暮飞谢恩之前颇为无奈地述说了龟兹城面临的困难和程暮飞的重要性。

"政经使年纪尚轻，若是如此就归乡隐退怕是可惜，大明皇朝人才济济，不知可否体恤龟兹情况，赠我一员贤能，挽回龟兹局势？"

崇祯帝此时帝王威严显露无遗："吾卿不愿归去，尔等不可强留！再者，程卿身有贤能，我大明岂会埋没？朕听闻程卿先辈曾在苏杭江浙地带辉煌历久，今日朕就赐你行事便宜，更赐你华宅一栋，令你可于此尽展才华，光复先辈荣誉！另有采办、织造两职，朕今特允程卿有来年角逐之资格，还望程卿不可辜负朕之期望！"

程暮飞大喜谢恩，这却是意料之外的惊喜了。然而一旁的范成却是又上前一步："陛下，外臣虽是番属，却也知道陛下这两职乃是重职，如今政经使既然已经不是政经使，却依然是在我龟兹有大功劳之人，吾等不能不念政经使之恩德。此次政经使虽然回返天朝故乡，

但毕竟久居塞外，回归之后处处生疏，竞争必然受制。所以外臣斗胆进言，愿献计给陛下，彰显竞争之公平。"

"哦？说来听听。"

范成上前一步："外臣曾听闻大明国土盛产药材，其中有八种药材虽不属名贵却同样稀少，外臣只曾听闻却不曾目睹，想来陛下可以以此为题，由角逐者共同搜寻。为表示公平，政经使只需要寻得五种便算是获得胜利，而其他人则是必须要八种集齐才有资格，不知道陛下意下如何？"

范成说着，伸手接过一旁备好的笔墨，挥洒写就八种药材的名称。崇祯帝看过之后又交给太医院品评，在得到肯定之后，来年角逐的题目遂就此定下！

离开大殿之后，不仅仅是程暮飞，范成的背上也是一样冷汗涔涔。面对大明的皇帝，在大殿之上耍弄心机，那种压力毕竟不是谁都能够撑持得下的。程暮飞和范成还好，还能够在大殿上勉强地保持风云不动的神色，像小芳等随行人员则是完全被震慑在一旁，直到现在都没有回过神来。

程暮飞回到驿站，并没有让那些随从多停留，而是命他们带着他亲笔书写的信件连夜赶回龟兹，将原本在政经府的那些人手带一批过来，特别是找到将军府换下来的那些账房，一并带回到中原，直接送到崇祯皇帝在苏杭地带赐给他的华宅中去。这是他一手打出来的班底，用着十分顺手，而现在的龟兹既然已经换了首脑，那么他就只需要管好自己手下的那些产业就好，有徐老板、阿兹那大叔还有一部分的老账房就足够撑持局面了！

接下来用作等待的一段时间，程暮飞却是先回到新安老家，将那已经被官府收押，出租出去的宅子收了回来，凭借他暗中积累的巨额财富，这点小钱实在是算不得什么。

第七章

巧妙布局取丝粮

第一节 强势立足

再一次走进这间宋老爷仿制的宅子，回忆着那已经变得模糊的影子，程暮飞只是静静地让范成带着人赶走了那些听到风声前来拜谒的乡邻，自己孤身一人带着小芳缓缓迈进了大门。飘过的风将那些人的只言片语带进程暮飞的双耳，他甚至都不需要去刻意打听，自己失踪离开后的一切已经清晰无比地在这些闲言中呈现出来。

"有的时候，人生真的很奇妙。"程暮飞坐在走廊的栏杆上，看着走廊下的花草，"我一贫如洗的时候，我的所爱所恋将我视若敝屣，当我富贵荣华的时候，所有的人又将我视若上宾，当我再次落魄，一切竟然都化作了云烟消散。而现在，这些消散的云烟竟然又想要再度萦绕到我的身边。

"落魄的时候我利用了阿兹那大叔所信仰的光明佛宗得以容身立足，在我奋起的时候，我又利用了两位佳木斯老爷奸商本性下尚存的人性善良。我丢掉所谓的清高和尊严，假借多方之手完成自己的目的。

但是明明所有人都看得出我的所为所求，却都依然在尽心地帮我。就算是为财为利为了所谓的共赢互助，依然有一份真心伴我。我不明白啊……"

小芳在身后轻轻环住程暮飞的腰肢，却分明感到在程暮飞的脸颊上有什么轻轻滴落。

在新安老宅待了半个月的时间，程暮飞每日只是陪着小芳在宅子中散步聊天，或者与范成商议计划，这三人有时会就某个计划的细节问题讨论到深夜，但在对外就好像是深深蛰伏的蛇，完全看不出丝毫的动静。那些不断前来拜谒的人在被驱赶了几次之后终于明白这位荣归故里的大爷不想见人的心思，一个个只好悻悻地离开，但是却依然忍不住八卦的天性，并没有过多久，苏杭地带的"新安四家"也已经收到了风声。

就在新安四家打算聚会商量着要不要对此进行什么防范的时候，一家突兀出现的药行却像是一枚小小的石子，冷不丁地打破了这种诡异气氛。

这家叫做"留风药行"的小药铺其实并不是新近才出现的，要是认真地算起来，至少已经在苏杭一带经营了两三年之久，由于是小本经营，药铺平时也只是卖一些普通的药材而已，所以完全没有引起任何人的注意。就算是沈家一手把持着苏杭江浙一带的主流药品和药材，对于这种小型的药铺也是不会有丝毫的注意。像这样的小店铺每天不知道会有多少突然冒出来，也会悄无声息地消失，对沈家来说，只要他们不故意扰乱市场，不插手由沈家重点关注的珍贵药材、珍贵补品这一块的行当，沈家是不会花费半点的精力去注意的。

沈家不去关注，留风药行当然也不会自己跑去找沈家的晦气，除非他是想不开了想找死。留风药行开业的这段时间，由于服务态度良好，又有免费的坐堂医生每天为前来买药的穷苦人家免费看病，很是受到中下阶层百姓的欢迎。而这也着实让留风药行生意红火了一段时间，也算勉强发展出来几个小分店，零星的分布在各处，不过比起那些大规模药店来说依然还是毫不起眼。

但是就在最近的这几天，这间小小的不起眼的小店忽然就开始贩卖各种各样来自西域的奇特药材，原本许多同样不起眼的小药店也好像是雨后春笋一样纷纷冒出头来，在他们的匾额上虽然没有"留风"两个字，却清清楚楚地铭刻着令沈不居惊心动魄的两个字眼——"程记"！

在这些小药店的柜台上，同样摆放着来自西域的独一无二的珍贵药材！这批药材的出现直接地打击了沈家掌握的珍贵药材的市场，而那些药农们由于平时和这些小药店打的交道要远比沈家掌握的大药店要多得多，所以在"程记"疯狂涌现的时候，这些药农竟然有很大的一部分不再和药贩子交易，反而是熙熙攘攘地来到这些"程记"药店，成了"程记"的供货商。

随着"程记"的壮大，除了与沈家签下稳定合约的小部分药农和药材收购商困于合约没有改变之外，沈家剩下的就只有自家私有的小部分的药农药田了。尽管在数量上沈家依然占优，但是在沈不居的眼里，这样的情况已经在向他敲响警钟了，如果依然像上次那样认为可以简简单单地就处理掉程暮飞这个麻烦，那才是真正的死亡开始！

在经历了枯坐家中的心路蜕变之后，这一次程暮飞选择了信任这

些朴实又贫困的药农，一次性地交付了相当于半年药材收购价格的价钱来收购最近四个月的所有药材，如果他们想要在后续的时间继续和"程记"交易，就需要与程记签约，成为稳定的药材供应者。

而后，程暮飞又打出了自己母亲的娘家素氏的名号，这些地方的小孩子们几乎都是听着素家的名号长大的，在素家败亡之后的沈家虽然不是什么严苛的商家，但是和土生土长的素家相比，毕竟是外来户，从心理上就不怎么得到当地人的认可。现在有了这么一个打着素家后人名号的人，不管怎么算也是半个本地人了，接受起来自然要比沈家容易许多。加上沈家主要的战场是名贵药材的市场，对于低端市场并不看重，因此"程记"刚一插手药材市场就取得了成功。

正是通过这种从底层打起的战略，使得程暮飞几乎在瞬息间就爆发出了强大的力量，成功地占据了苏杭近半药材市场，这还只是名贵药材市场，而在普通药材市场上，沈家可以说几乎是完败。只不过现在还时间太短，一时显现不出来而已。

沈不居此时就闷坐在家中，默默地思考应对的方法。不得不说，程暮飞这一次挑选的时机实在是太过巧合，现在正是官方采办和织造人选确定的时候，由于听到了官府内部传来的消息，说上面打算对明年开始的采办和织造的人选进行变动调度，恰恰又有消息说程暮飞这个程家的后人大难不死回到了新安，沈不居有些焦头烂额，不知道应该如何应对，偏偏就在这个时候程暮飞猛然地发动了这一场突然袭击，攻击的还正是沈不居经营环节的薄弱环节，顿挫了沈不居的锐气，让他吃了个不小的亏。

"真是想不到，数年不见，程家小子成长如斯，程家当真是个个

妖孽！"沈不居愤怒地拍打着桌面，阴霾的双眼扫过正在屋子外面恭恭敬敬等候的那些后辈子弟，还有已经嫁到了汪家的女儿，忽然就开始羡慕起那已经化为枯骨的程步天来。

昔年曹操与孙权相持于濡须，曹操攻而不能破，且见吴军阵容整肃，孙权英武异常，深为羡慕。于是就发出了"生子当如孙仲谋"的赞语。在宋辛弃疾《南乡子·登京口北固亭有怀》中他更是这样赞叹："年少万兜鍪，坐断东南战未休。天下英雄谁敌手？曹刘。生子当如孙仲谋！"

这样的场景这样的境况竟然有着出奇的相似。沈不居不禁把自己比作暮年的曹操，但是现在的境况，程暮飞又占尽了优势，自己又哪里有曹公那样的根基与智谋？"如此年纪就有如此的城府，就有如此的手段和胆魄，更有不俗的财富和势力。程家的娃娃，看来老夫不得不专心致志地再上演一出合纵灭秦的好戏了！哼，就算你是有滔天的势力还有无数的财富，到了我这里，是龙你也得给我蜷着，是虎你也得给我卧着！普天之下，就算你有皇帝撑腰，老夫也要和你好生斗上一斗！我沈家，注定是会压你程家一头！"

就在此时，一名仆人匆匆赶来，手中拿着一封薄薄的信件。

第二节 暗子深埋

　　眼见这下人慌慌张张跌进大堂，沈不居不由得眉头紧皱，怒火自心头冒出，甩手就将手边的茶盏扔了出去，在地上摔个粉碎。被茶盏的碎渣子溅了一身的下人吓得瑟瑟发抖，却不得不壮着胆子将自己手中紧紧抓着的信件战战兢兢地递了上去。不想沈不居却是根本不伸手去接这封信，而是冷冷地看着这个下人。

　　"我沈家什么时候连一个下人也开始能够这样恣无忌惮地在大堂之上随意走动而不需要通报？难道我沈家现在一时陷入到困境中，这上上下下的规矩你们也都一个个的忘得干干净净？来人！把他拖出门口，按家规，给老夫打！"

　　沈不居这是在杀鸡儆猴，用一个随便的小过错来惩罚这名倒霉的下人。他虽然表面上显得很是镇静，好似什么都没有发生一样，但是那些在下人之间相传的流言蜚语他又何尝不知？诸如程暮飞这次回来已经得到了皇帝的青睐；现在程暮飞所做的所有举动都是皇帝一手授

意，皇帝对沈家感到不满，所以要借着程暮飞的手好好地整治一下沈家，甚至将沈家取而代之等言论不一而足，甚至沈不居暗中吩咐禁口数次都不能阻止。

但是如果在敌人动静未明的时候就已经自乱阵脚也是沈不居所不能容忍的事情，对于他来说，既然禁止无效，那么就只好用这种严酷的家规，让他们明白，在沈家，不能够自乱阵脚！

"想我沈家从无到有，当年也是从一片混乱中赌博拼命回来才有了现如今的基业，就算现在因为意外导致名下的资产有了波动，我沈家现在实力依然比当年不知道强出多少，可是看看你们的样子，一个个的垂头丧气、胆战心惊，当年跟随我的那股拼命的气势跑到什么地方去了？为一个莫名其妙冒出来的甚至不知道是不是和当年那个人有所关联的小子，一个小小的意外而已，却让你们分寸大失，真是丢我沈家的脸面！"

在重重地将下人训斥了一通之后，沈不居这才缓缓地拿起那封信，一看之下，却是忍不住笑出声来。

这一封信并不是程暮飞寄给沈不居的，而是程暮飞寄给当年一手将他赶出太湖，让他身败名裂甚至不得不隐匿在龟兹城数年的汪平生的，这个汪平生也是有意思，在看过之后并没有自作主张地决定什么，而是原封不动地将这封信转交给了老谋深算的沈不居，并且在信封中还附带了自己所写的一点见解，言辞谦卑、态度恭敬地邀请沈不居参加过几日之后在太湖汪家宅子中举行的四大家族的会议，一起商议这程暮飞到底打着什么样的算盘。

沈不居并没有着急打开包着程暮飞的书信的那个小信封，而是

先将汪平生的信详细地看过一遍，之后，眼前却是浮现出前几日程暮飞安然返回的消息刚刚传过来的时候，许家许瀚给自己修书一封要求尽快召开四大家族会议的那封信，信中就好像是完全不懂规矩的孩子一样，言辞激愤，毫无章法可言，完全是一个莽夫，说什么程暮飞这次回归一定是回来报复之流，明显已然乱了阵脚，幸亏这一次程暮飞回来并没有首先攻击他所把持的行业，不然就凭他现在的这份鲁莽，一定已经被程暮飞吃得骨头都不剩，不得不寄居在其他三家的庇护之下了。

如此莽撞之人，将来必然不会有什么前途，且不说不能够和自己、和程暮飞相比，就算是和同一辈分的汪平生、江方相比也是相差甚远，如果将来有可能的话，吞并许家，似乎并不是什么困难的事情。

沈不居最后才将程暮飞寄出的那封信拿了出来，放在膝盖上细细地研读，想要从这封信中将程暮飞的形象和心性揣摩出来，好似是入迷了一样一遍遍不停地反复诵读，连吃饭的时间都忘到了脑后。刚刚才有了一个血淋淋的教训，没有什么人再敢在这个时候打扰沈不居的沉思，但是沈不居不吃饭，这些小辈和下人更加不敢说什么自己提前去吃饭。偌大的一个沈府，竟然仅仅因为程暮飞的一封便条，还有一名接近古稀的老人的沉思而一同陷入到饿肚子的尴尬局面。

程暮飞的这封信其实并没有说什么蛊惑人心的话，因为程暮飞知道，自己就算在这封信中设置一些文字陷阱，对阴沉的汪平生还有那条狡猾的老狐狸根本就不会有效，相反的只会暴露自己现在还没有准备充分的情况，所以，程暮飞在信中实话实说，大概的意思也就是这样的："汪家的兄弟咱们虽然从来没有见过，但是咱们之间的感情却

是十分的要好你说对不对？不要以为我什么都不知道，是啊，虽然我没有什么证据可以证明，但是我确实知道当年我在太湖发生的事情都少不了有你汪平生在中间使坏，但是现在我回来了，所以你一定感觉到很失望很忐忑，不过你放心好了，我现在懒得跟你一般计较，以为那是已经过去的事情了。现在我就想老老实实地在咱们这里赚点钱然后好好地享受，每天就这么舒舒服服地过日子不是挺好吗？干吗你算计我我算计你的那么麻烦受累？

"对于沈家的这次袭击我也是没办法，我要是不这么干只怕当年在太湖发生过的事情还会再来一次，我可不敢担保再来一次我还有小命跑出去。反正你们几家对我应该都看得不怎么顺眼，我这次粘谁的光、进哪家的行当也没啥不一样的，大家都是新安出来的，就算不能相互帮衬，也要好好共处好好赚钱吧。当年你们坑我一次，这次就当是我拿的利息，从此以后再也没有半点关系，大家和好相处。另外还要麻烦你跟沈家的老爷子道个歉，我还要继续占他老人家的光吃饭。"

沈不居看完这封信哈哈大笑："这小子净说真话，却也是处处假话，想不到这几年的磨砺，竟然让这小子也学会了虚而实之的道理！不过到底还是太嫩，絮絮叨叨写了这么多，归根结底也不敢跟我大刀阔斧地干一场，还要写这么个玩意过来道歉，不就是因为在中原羽翼未丰，想以和好麻痹我等罢了！"

沈不居暗笑，就这样的黄口小儿还要举行什么四大家族的聚会商议对策？只要到时候四家联手对市场上的价位这么微微地一调整，难道还不足以把程暮飞干掉？商议到最后也不过是对程暮飞的死亡宣判而已……

就在沈不居暗自得意的时候，在程暮飞的宅子中，小芳满脸疑惑地对他提出疑问：

"我说程大哥啊，你看看你这次一下子就又撒出去那么多的银子，还都是买的稀奇古怪的东西送给那些关在一个塔里什么都不干的怪人们，有什么用啊？又不能吃又不能喝，他们还不是主管咱们的朝廷命官，我感觉这有些浪费啊。"

原来，在沈不居在沈府里面饿着肚子分析书信的时候，程暮飞已经将那些前去拜见大明钦天监官府的人全部都召集了回来，细细地做着调查和安排。

程暮飞笑道："当年我在太湖的时候就是因为对季节的变化与气候的转变完全不了解，这才导致了我的失败和出逃。现如今我依然对这一带的季节气候变化完全不明白，所以只好通过这些小小的礼物，投其所好，跟他们结下一个善缘。日后如果有什么反常的天象，难道你还会怕他们不好好地跟你沟通消息、让你从中获益么？

"其实像钦天监这样的地方注定了只是老人家养老的地方，但是这些老人恰恰是不可多得的财富。只要跟他们好好的相处，对我们自然是受益良多！"

第三节 遥控布局

小芳歪着脑袋想了一会儿还是不得其解："要是想单纯地了解本地的天气，你直接找本地的人不就好了？干吗还得费那么大的功夫绕一个大圈子跑到钦天监去？不仅花时间还花银子，你不会现在有钱了就开始大手大脚地随便乱花了吧？"

"哈，你想什么呢，"程暮飞摸了摸小芳的头发，"钦天监是专门为皇帝、为国家社稷监测天象的部门，任何的天象变化都不可能会瞒得过他们，这样精准可靠部门又哪里是随便找一个本地人就能替代的？

"更何况现在我也算是朝中新贵，有这么一个和我搞好关系的机会，相对贫苦的钦天监又怎么会看不到中间的利润？"程暮飞看看天色，"过几天我还要回一下龟兹，虽然明面上我已经和龟兹方面没有了什么联系，但是我却必须确保阿兹那大叔他们的执行情况，看看计划的实施是否顺利，如果没有完成计划，就要找出原因所在，并采取

适当措施和正确行动，以保证计划的完成。我现在可不能一味地想要在中原开创一方天地，就忽视了身后的龟兹大本营，那可是咱们的后路和老巢啊！

"这几天我就会动身去龟兹，苏杭方面的药行经营就交给你和范成大哥照应看管，如果有什么事情的话，就用飞鸽传书联系。有关沈家方面，前几天我曾经给太湖汪平生去过一封和解信，想来沈家那位当家人也应该已经看到了，最近一段时间是不会发生什么事情的，你照常经营看顾就好！"

然而，就在程暮飞打点行装时，沈不居这只老狐狸却又开始了他的计划。

"程家的小子一定会以为我等在最近的一段时间不会对他有什么动作，但是我却要反其道而行之，就在他以为安全无忧的时候来一下子狠的，就算不能斩草除根，也要让他元气大伤！"程暮飞离开的消息虽然隐秘，但却是瞒不住苏杭经营多年的地头蛇沈家，在他离开半月之后，太湖许家的新安四家的集会上，沈不居一改往日高深莫测的姿态，主动地献上一条计策。

"现如今大明依旧实施着闭关锁国的保护主义，在对外贸易中实行限制进口以保护大明商品在国内市场免受外国商品竞争，向本土商品提供各种优惠以增强其竞争力的主张和政策。在限制进口方面，主要是通过征收高额进口税阻止外国商品的大量进口，或者直接采取进口许可证制、进口配额制甚至直接禁止非官方进口等一系列措施来限制外国商品自由进口。在这样的政策下，不要说海外的那些商品，就算是一些国土相接的周边的小国的特殊产品也无法进入大明，物以稀

为贵，相应的这些产品在大明市场上的价格也是高得离谱！现在那程家的小子身份特殊，有如此好的利润，我才不相信他会就这么放下这丰厚的利润！

"所以我断定他这一次莫名其妙地出行，必然是要回到龟兹方面，通过统筹资金，调集商品，然后回来再给予我等致命的一击！而在这之前，就是我们想办法将他现在还不算稳定的根基一举拔除的大好机会！"

"一举拔除？沈老，你可知现在那小杂种已经不是当初那个可以任由咱们玩弄的软皮蛋了？现在在他的身后可是站着当今的圣上，还有一个龟兹在给他做后台！只怕咱们还没来得及把他连根拔除，就先要被他的两个靠山给吃了！"

"许瀚！不许胡说！"江方赶紧站起来向沈不居赔礼，对于许瀚这种鲁莽的性子，他不知道已经在私下里说了多少次，但是奈何许瀚性子已成，又哪里是三言两语就可以改过来的？

"动用非常手段自然不行，但是正常的商业竞争，便是有天做靠山，程暮飞又能奈吾等如何？"汪平生淡淡开口，见众人的目光都汇集到他的身上，随即拍拍手，身后的随从上前恭恭敬敬的拿出一张小小的纸条，放在汪平生手边的茶几上。

"我在太湖打帮有着接近四成的股份，这是打帮一个小子截下来的程家那小子的书信。"汪平生晃晃手里的纸条，"那小子正准备将他这几年在龟兹囤积的商品一口气撒到苏杭江浙一带的市场，换取资金后连同现有资产对我们四大家进行冲击，而且不知道这小子从什么地方得到了这次采办、织造的选拔方式，正在打算让留在家里的小妞

赶紧给他处理呢！"

听到汪平生的话，就连沈不居也有些动容，要知道，采办和织造的职位可是天下间所有的商人都梦寐以求的职务，只要有了这么一层权力，许多事情就都可以放开手脚去做，许多难关与困扰也可以无视。新安四家更是把持了苏杭江浙一带的采办和织造的位子二十余年之久，对这项职位更是了解。可以说只要这个职位在手，就算是程暮飞成功地侵占了他们的资产，他们也有信心东山再起，通过重重手段再将程暮飞打入无底的深渊！

而现在……

"八种药材，程家得五就算成功……这算是什么？"许瀚怒拍茶几起身踱步两周，竟然一转身就走了出去，留下江方等人面面相觑。汪平生摇摇头："最近的数据显示，程家那小子回来以后应该是首先冲击我汪家的湖丝和沈老的杭药，就目前来看，那个留下来的小丫头怕是已经开始打算对咱们进行海量收购了，现在他的头上顶着皇帝给予的便宜行事的帽子，只怕不卖是不行的，所以……晚辈的意见是，天价倾销。"

江方的眼睛眯了起来。所谓倾销其实就是让产品以低于正常价值或公平价值的价格销售，一般说来这是针对进出口贸易才会有的方法措施，针对国内市场，特别是自己的地盘使用这种手法，是会有很大的风险性。

对外贸易的倾销有这么几个特点：第一，倾销是一种人为的低价销售措施。它是由出口商根据不同的市场，以低于有关商品在出口国的市场价格对同一商品进行差价销售；第二，倾销的动机和目的是多

166

种多样的，有的是为了销售过剩产品，有的是为了争夺国外市场，但不管怎么样的动机，销售和占有市场才是最终的目的；第三，倾销是一种不公平竞争行为，在大明曾经也有过某些垄断商人为了欺占其他地区的市场进行过恶意的倾销，但是最终结果是把市场破坏，连带其自身也被卷入其中，最后被官府收押了事；第四，倾销的结果往往给进口方的经济或生产者的利益造成损害，特别是掠夺性倾销扰乱了进口方的市场经济秩序，给进口方经济带来毁灭性打击。

江方一向是以沉稳持重而闻名，对于这种近乎博弈的方法很是反感，但是不等他开口，就听到了沈不居满意的赞叹声。见到沈不居已经同意，江方在心中默默叹了一口气，他知道，这个计划只怕是注定会实行的。现在他只希望如果发生什么意外，不会那么快的就波及他们江家才好。

这是机会，却不知道是谁的机会啊！江方叹息，作为新安四家中主要从事粮食行业的江家，江方更习惯于计算自己的机会成本。机会成本又称为择一成本、替代性成本，是利用一定的时间或资源生产一种商品时，而失去的利用这些资源生产其他最佳替代品的机会就是机会成本。就好像农民在获得更多土地时，如果选择养猪就不能选择养鸡，养猪的机会成本就是放弃养鸡的收益一样。

"不过在那之前，沈老，小汪，我们是不是应该先把朝廷采办、织造的那个事情解决了？"江方想了想，"许瀚先前虽然发怒离开了，不过我见他嘴里一直在喃喃嘀咕着这件事，所以，你看咱们是不是先把这件事情处理好了再说程家那个人的事情？"

"欲攘外必先安内，现在程家那小子对我等如鲠在喉，如果不在

他本人还没有回来之前把他的立足点摧毁，你觉得，我们还有机会，或者说还有必要去处理采办、织造资格的事情吗？"

第四节 药丝茶粮

汪平生接过沈不居的话头："江哥想必也是记得的吧，现在程暮飞身边帮他做事的那个男人，就是以前的私盐贩子！"汪平生的脸上露出来一丝邪笑，"人为财死，鸟为食亡，一个以走私贩卖为生的蠹贼，如今手里有了这么大的生意，有了这么好的机会，你说，他会不会在某个时候，一不小心，手痒痒的……重操旧业？甚至，变本加厉？"

"你的意思是？"江方疑惑地将目光投向了在一旁沉吟的沈不居，顿时感觉自己的手心里面竟然渗出了冷汗，整个屋子都似乎是突然变得凉飕飕的，平时不显山不露水的汪平生，还有在自己心里一直当成虽有心计却是慈祥长辈的沈不居，竟然好像忽然陌生不少。不知道是不是常年和那些敦厚淳朴、毫无心机的农民在一起的时间太长了，江方的身上并没有沾染那么多商人的气质，反倒在心态、作为上显得更像是一个农民。在亲眼看到汪平生和沈不居这阴狠算计的一面之后，心里竟然生出一种厌恶与寒冷的感觉。

就这么不知不觉的，一道隐隐的裂痕逐渐在三人之间出现。

江方恭恭敬敬地向沈不居鞠了一躬："沈老老谋深算，汪兄更是智慧卓绝，晚辈在这里也没有什么能帮得上两位的，就先行告退了。等到两位制定出详细的计划之后，江家一定会鼎力相助！"

江方又鞠了一躬，然后朝着汪平生拱拱手，离开了这间茶室。站在屋外的阳光下，江方才感觉自己的身体似乎暖和了一点，他扭脸看看一边的小屋，知道按平时的习惯，许瀚一定又在里面生闷气、想办法，江方正想要走过去找许瀚谈谈，但是刚走了两步，却是不由得放慢了自己的脚步，摇摇头，终究是停下了脚步，长长一声叹息之后离开了茶庄，路上不再多停留，径直回到了自己的家中。

茶室中只剩下了沈不居和汪平生，这两人心领神会地将身边的下人统统赶了出去，直到深夜这一老一少才从里面走出来，看两个人脸上神秘莫测的笑容，想必是这一次的密谋十分成功。随后二人匆匆离开，似乎遗忘了应该向此地的主人江方告别。或者说，在这种情况下，告别这种表面形式，已经不在他们两人的心中了吧。

程暮飞府中，范成和小芳自然是不知道程暮飞外出的消息已经被新安四家所知晓，更加不会猜测得到沈家和汪家甚至半路截到了他们和程暮飞之间的通信。现在他们正在按照程暮飞的计划，加急筹集资金，同时收购那些被新安四家把持，却遭到了朝廷禁制的商品。虽然小芳并不知道收购这些有什么用处，但是依然忠实地履行着程暮飞传回来的消息，整个程府都在加紧运作着。

"真不知道大哥要筹集这么多的茶叶和绣品做什么，如果仅仅是按照计划里面的想法想要通过收购市面上的材料，然后再计划进行倾

销和打击信誉度的时候，运作多方压力来冲击这几家的话，只要用银行里面的钱不就好了？就算是不用银行里面的钱，凭借着现在的这些流动资金来做的话，堆也能堆死一个人了，干吗搞得这么麻烦啊真是。"

"丫头你这就不懂了，这可是我和你大哥一早就设计好的，知道不？"范成一边核对着账簿，不时在上面增添几笔，"这些茶叶在平常的时候根本就不可能流出去，往年那些对外销售的茶叶一般都是下品乃至更下，像是一般水平的茶叶就已经是很难得的珍品了。而上等的茶叶，也只有皇帝登基或者有什么重大事件的时候才会通过赏赐这种手段从官方的途径流出去。"

"所以，民间那些所谓的好茶，其实就是这种根本几文钱就能喝上一大壶的货色？"小芳疑惑道。

"不，我不是这个意思。"范成合上账本，从桌子上拿起一片鲜嫩的茶叶在手中把玩，"我想说的是，之所以你们在中土之外也能够喝得到好一点的茶叶，那是因为一个亘古时期便已经存在的特殊行业——走私。"

"我记得我曾经跟你讲过，汪家在约定俗成的湖丝品级下面又增加了两个更次的品级对吧，你说，假如面对那些或许是真的穷，或许是根本没有见过世面的傻财主们，我忽然就抓出来这么大一把上好的茶叶，用这么好的上等蚕丝制作的手帕擦汗，他们会怎么做？"

"要是我，我就打劫你，一个子儿都不花就能得到这么多好东西。"小芳眨眨眼，有些狡黠地看着范成，"反正我肯定是不会花跟黄金一样的价格，甚至拿一些宝石什么的跟你换的，我又不是傻瓜。"

"但是那些人不是你，因为他们不敢。"范成笑了，"说起来我

干这种活也不是第一次了，不过哪次也没有这次干的这一票大啊，哼，也就是你大哥有这个本事，能够把中间的门路打通关系，让我顺顺利利的玩一次走私，还不用害怕官府的追究。如果运气足够好，嘿嘿，说不定这次除了能够大赚一笔之外，还能够坑上来几条想捣乱的泥鳅什么的，要是能借着这个机会撒一把大网，诶呀……"突然，范成停下了话头，开始诉说别的琐事。

"今天天气真好，丫头啊，趁着我还在这待着没事，不如咱们去钓鱼怎么样？再过不了几天，估计就会忙得来钓鱼的时间都没有了吧？"

"不就是想偷懒了么，还找理由，大叔你一点都不坦诚！"

范成哈哈大笑，拉着小芳往鱼塘走去，不过小芳却是没有看到在他说出"钓鱼"两个字时，眼睛里流过的那一抹寒光。

不知道是不是错觉，似乎只要一过了长江，冬天这个季节来得就会特别的晚。自小在龟兹长大的小芳迎来了她人生中第一次的大雪。这场大雪飘飘扬扬，温柔得好像是羽毛一样，落在她的脸上，只显得温柔，却感觉不到寒冷，只有丝丝的凉意在提醒她这是一场如沙如粉的大雪，而不是如梦幻朦胧的冬雨。

冬季来临，对于在北方塞外的人来说，这可真的是一场灾难，因为交通断绝，所以很多的储备都显得十分珍贵，尤其是茶饼这样的东西，对于靠着肉干之类的食品过冬的游牧民族来说，那可是改善肠胃、保证他们能够安然渡过冬天而不生疾病的重要保障。

所以早就已经把东西收拾妥当的范成也开始在这茫茫的大雪中出发了，冬季出发，由北向西，等到明年春季之后再绕一圈回来，包裹

172

里鼓鼓囊囊的茶饼、茶叶、苏绣、瓷器等等，都能够卖出一个好价钱。回来的时候，那就是真金白银，可以用来抢一些新上市的药、丝、茶、粮，狠狠地给新安四家一个耳光！

在临出发的时候，范成还是小小地耍了一个坏，他用十倍的价格向沈家下属的那些药农那里收购了一批种子，这些种子不见得有多名贵，却是最普通、但也最常用的一些辅佐用的药材。没有了这些药材，虽然并不会造成什么病症无法治疗的严重后果，却是会导致很多的麻烦事情。同时这些药材的需求量也是很大的，相信在利欲熏心之下偷偷卖出这些种子的药农，是没有办法再筹集到等同数量的种子播种了。

想想到时候沈家焦头烂额的样子，范成忽然开始觉得他这次的出行，好像也没有那么辛苦了。

而就在小芳刚刚送走了出门的范成没有多久，就迎回来了偷偷跑出去的程暮飞。几个月不见，程暮飞的外貌变得邋遢许多，根本让人没有办法和以前那个儒雅温润的书生联系在一起，举手投足都是一股浓浓的小商贩的气息。要不是在他的身上带着一块能够表明身份的腰牌，刚好又碰到了送范成出门的小芳，怕是连自家大门都进不去了。

程暮飞伸出黝黑粗糙的手掌，在小芳的脸上捏了捏，紧接着就是一个快活的熊抱！

"小芳，我回来啦。"

第八章

暗棋屡现沈家亡

第一节 八药回环

小芳的顿时满脸绯红，羞得烫人，但是却没有从程暮飞的怀里挣脱出来的意思，她偷偷伸出双手，环在了程暮飞的背后，感受着程暮飞温暖的胸膛的温度。

"小芳，只要三年，只要三年，我就娶你，好不好？"程暮飞轻拍小芳的后背，把整张脸埋在小芳披散开的秀发里，轻轻地嗅着发香，但是却带着无尽的欣喜和狂热，"只要三年，我就会把新安四家统统踩在脚下，我会用最显赫的身份、在春日中最美丽的时节，让皇帝亲自为你我赐婚，在徐老板的见证之下，把你迎娶回家！"

"没关系的大哥，其实只要这样就好，不管是三年还是十年，不管是贫苦还是荣华，真的，只要这样就好！"小芳紧紧抱着程暮飞，"大哥，我盼你说这句话已经盼了好久……你今天终于说出来了……"

两个人相拥在一起，默默地在这片微寒的雪景中伫立。最后，还是程暮飞最先从这份温馨的幸福中醒来，也不管小芳口中的惊呼，直

接把小芳横抱起来，大步走进了宅子。

程暮飞回归的日期比他在书信中写明的日期足足早了一个多月，经过一番梳洗，恢复了原本俊秀温文尔雅的模样，又陪着小芳温存了几日之后，皇宫中直接下达的苏杭江浙地带，药、丝、茶、粮、石五行采办织造的筛选竞争方法终于传达到了，除却程暮飞早早就已经有了心理准备之外，其他的几家基本上都是在瞬间就已经被这古怪又奇异的方法难住了。

就算是一向十拿九稳的新安四家这一次都感觉到有些棘手，沈不居和汪平生原本已经计划好的、趁程暮飞不在的时候将范成拔除的计划也不得不因为这一道提前到来的圣旨而搁置，转而将自身的绝大部分精力倾注在完成八种药材的收集上面。

"这一次皇帝一定是受到了什么人的蛊惑，好好的直接让地方官府按照惯例挑选采办和织造不就很好么？做什么筛选和竞争？竟然还要收集药材？还特别允许程家少收集三样就算成功？"这一次暴走的却不是许瀚，因为自从上一次他负气离开之后，对于新安四家的这些聚会就一直不怎么感冒，应付敷衍几次之后甚至直接找了个地方躲了起来，也不知是在生其他几家的气还是彻底心灰意冷了，按照前来表达歉意的许家人的说法，许瀚家主一个人把自己关在山上的顶级碧螺春的茶田里，美其名曰修身养性，照料茶田，实际上去了哪里、在做什么却是没有人知道。

这一次聚会的地点，就在沈不居沈家，一处洋溢着浓郁的药材香味的青石院落。

"皇帝既然说了需要找到这八种药材才能够一口夺到足足五项职

位，而非其一，显然皇帝对于这八样药材的寻找难度是相当的自信，当然把这五个职位全部都恩赐给一个人、一个家族负责，这……皇帝如虎，确实是让人难以揣度其心态啊！"

"以往新安四家分别由许家主营茶叶，我江家管粮食，沈家负责药材，汪家垄断湖丝，分工明确，合作无间，连朝廷都有些对我们无可奈何，但是现在朝廷将五项职位全部交给一人，或许是心中存了分化我们新安四家的念头，只要四家内讧，自然会有小人走狗乘虚而入，使得四家落寞收场。所以晚辈认为四家当务之急是尽快消弭以前存在的分歧，加紧合作，尽快在其他参与者之前找到这八味药材！"

江方这一番话掷地有声，听者无不肃然，虽然江方并没有什么特别好的建议，但是这一番话却是处理现在这种情况最好的办法。万事万物，唯有团结在一起，才会有以弱胜强的几率，很明显，江方是真心想将四家绑在一起，决心要共进退了。

但偏偏有些人的心思却不是这样，比如说……汪平生。

"四家共进退？"汪平生冷笑，"仅仅只有一个名额，也就是说只有一个胜利者，就算是四家已经完全打败其他竞争者，到头来还是要上演一出无趣的内斗闹剧，要我说，还不如让其他三家放弃，只力挺其中一家上位！从此以后四家结成一家，奉一为主，不分彼此，不仅能够壮大势力，还能够完美无瑕地集中力量，更能够实现多行业的同时垄断，真正成为可以抗衡朝廷、左右一方政治的强大财团！"

"你！你疯了！"江方倒吸一口冷气，只感觉自身如同坠入到极地的深渊之中，血肉俱冷，肝胆皆寒，"你这是大逆不道！你这更是罔顾伦理纲常！不忠不孝之辈，你，你，你……"

"我？我又如何？"汪平生的声音一如平常，丝毫不见波澜，"新安四家之中，沈老世代主掌药材，当年的素家也是被沈老一口吞并！新安四家中现如今又只有沈老一名老人健在，正是德高望重、众望所归！如果趁这个机会将四家合并，江南地带我们就是地下的王！区区几个采办织造的位子，又能算得上什么？还不是手到擒来？

"这八种药材虽算不上名贵，却也是相当的稀少，当年我四家还在新安本宗的时候，各自都曾得到过这八味药材中的一部分。早在皇帝的旨意刚刚传下来的时候，我汪家就已经将鹤涎香芷交给沈老，沈家现有的紫松茸，加上沈老和我汪家花高价收到的水髓和御成景天，已经有了四味药材在手！

"我没有记错的话，白蝇粟和龟蛤丹、紫檀茶芝当年是被分到了你江家和许家的！只要你们拿出来这几味药材，我们就已经足足拿到了八药之七！试问，还有什么人能够和我们匹敌？"

"七样都到你手里的话当然是没什么人能跟你比，不过要是在你的手里只有四、五样，别人的手里却有三四样，那到底谁能笑到最后，可还是一个未定之数啊！"

随着这一声好似惊雷一般的嘲讽，多日不见的许瀚悍然闯进沈家，一脚踢穿雕花的木门，甚至都不等下人通报，就已经带着一阵风，狼行虎步地闯进了大厅！

"你这是什么意思？"汪平生站了起来，脸色阴沉，心里隐隐预料到一些不好的事情。

"没什么啊，俺是个粗人，所以这几天就在家闲得无聊翻以前的老家伙们玩，一不下心翻出来一堆没什么用的东西，然后就给……

卖了。”

沈不居猛然抬头，眼神冰冷。

“几盒破药，十两纹银，留风药行果然是价格公道，古道仁心！却不像是某些人，人模狗样，居心莫测！”

从开始就一直没有出声的沈不居猛地站了起来，双眼中满是怒火，这一局好棋原本就是他和汪平生商量好的计划，不管这一次的甄选题目是什么，他们两家都准备好了万全的手段来压制、吞并其他两家，形成一个完全统一的利益团体。只不过们两人千算万算，却是始终算漏了许瀚这个莽夫的疯狂！

“你……唉！”沈不居怒看了许瀚一眼，愤然一甩袖子，大步走出了房门。汪平生手指着许瀚半天没有说出话来，在原地转了半天，左思右想始终找不到什么方法挽救局面，猛然抬头却是不见了沈不居，汪平生猛拍自己的额头，赶紧呼喊让人牵来马匹，朝着程暮飞留风药行的总店方向追了过去。

“这是甄选题目里面的药材，白蝇粟，龟蛤丹，还有紫檀茶芝！”听到药行里伙计的消息，小芳急急忙忙地来到了药行里面。本以为或许是药行的伙计看错了，但是令她没有想到的是，这竟然真的是上乘的药材，没有一丝的掺假！等到她再一问价钱，更是差一点就惊得晕了过去。

“十两银子？不是十两黄金或者明珠？你确定是只花了十两银子？”随后赶到的程暮飞也被这个数字小小地震撼了一下，他用复杂的眼神看着这区区十两白银换来的药材，嘴角露出了难得的笑容。

第二节 四家入毂

　　程暮飞吩咐伙计把这几件药材收了起来，拉着小芳走进了后堂，并且吩咐伙计，要是有人气急败坏地跑过来买这几种药材，一定要推脱说店里没有这几味药材，但是又不能够让这几个人走了，只要拖得时间越长，事后给的赏钱就越多。

　　看着程暮飞走到了后堂，这小伙计一个人看着前厅闷着头正琢磨着，不想门帘一挑，竟然还就真的来了几个客人。这小伙计不知道来的人是不是老板要等的人，但是打眼看上去这几个人的衣着十分的贵气，当前这个人正是一名脸色有些阴鸷，但面色红润的老人，在他身后还跟着一个同样身着华贵的年轻人，不知道是不是赶路比较急，两个人的头上还都冒着热气，白色的云雾一圈一圈地向上飘舞，虽不凌乱，却也有几分狼狈。

　　小伙计看着虽年轻，却是分外能分辨客人的身份，一见这两人进了店门就颇为内行地四处打量，便知道这两个可不是好伺候的主，

182

不由得上了心，连忙赔着笑脸走了过去。

"两位爷您买药？不知道您老哪里不舒服？中堂那边有两位坐堂的大夫，虽然比不上那些天下无双一字千金的名医，但是也是医术了得，行医多年从未有过偏差，不如让他们过来给您瞧瞧？"

"不必，"为首的老者摆摆手，"伙计我问你，刚才是不是有一个长得高高壮壮的汉子过来卖药？我要买的就是他卖出来的药！不管他卖了多少钱，我统统出十倍的价钱买回来！"

"诶呦，您老这可是在难为我了，我这里每天来买药卖药的那么多，我哪里记得一共来了多少人卖了什么药？您老也不给个准话，这实在是让小的难做啊！"

"三味药分别是白蝇粟、龟蛤丹和紫檀茶芝，一共卖了你十两白银，这是一百两白银的银票，你拿好，还不赶紧把那三味药拿过来！"老者身后的年轻人有些不耐烦，从怀里拿出来一张银票就要往小伙计的怀里送，却被小伙计不着痕迹地让开了。

小伙计的心里可是一阵的狂跳，这还真被自己的老板给料到了，这三味药真是一味不差，就连是会有人来找药都被算得分毫不差！小伙计暗暗顺了两口气："两位要的药材可真的是少见，平时像我们这样的小伙计也记不住有什么药材，像这样少见的就更不容易见到了，两位还请暂时稍后，待我去问问刚才值班的那个伙计，随后我再喊一个人去喊我们老板过来帮您看着，您看这样可好？"

"不必……""很好很好，麻烦这位小哥了！"

年轻人原本想要推脱说不需要，却是被老者打断话头，把那小伙计给送了回去。

"沈老为什么要见老板，现在怕还不是和程家见面的时候吧？"

"你给我传过来的消息不是说程家那小子要过几天才回来吗？正好那个盐贩子也出去搞私活，现在在程家当家的应该就是那个小丫头。一个小丫头片子能玩什么么蛾子出来？就算是程家那小子提前回来了，现在和他见上一见也未必就是坏事。先前他想要麻痹你我两家，你我现在何尝不想把他麻痹掉？智者行事，才更需要谨慎！"

小伙计快步走到了后堂，狡黠地冲着程暮飞笑了一笑："老板您看要晾他们两个人多长时间？我总估摸着只要他们两个不饿得慌了，是不会走的应该！"

"小兔崽子有一手！去账房领赏吧，就说是我说的，一百两雪花银，是你的了！不过，你可给我记住了，一个月最多只能支十两出来，你要是多支一文钱出来，那下个月剩下的赏钱可就没有你的份了！"

程暮飞笑眯眯地把小伙计轰走，不慌不忙地从桌子下面拿出一盒象棋，拉着小芳就开始在桌子上拼杀起来，似乎一点也不知道外面还有两个人在等一样，双方你来我往地杀了几局，自然是乐在其中，但是外面的两人确是有些沉不住气了。沈不居还好，毕竟已经是上了年纪，在这里等上一会不见人来，已经大概地猜出对方这是要摆谱拿大，索性就坐在椅子上闭目养神，反正这药行里面生着热炭暖暖和和的，这弥散的药材味道也很舒服，竟然就开始打瞌睡了。

但汪平生却是明显差了不少，不管平时他如何精于算计，但是心性上总归是一个年轻人，养气功夫比沈不居要差上许多，一个人在屋子里转来转去，很是急躁。偏偏程暮飞不出来，还连一个出来招呼的伙计也没有，沈不居已经打起了瞌睡，汪平生想喊又不敢喊，真是仿

佛成了热锅上的蚂蚁，团团直转。

初春时节的夜晚来得还是十分的早，眼见外面的天就要完全的黑下去，程暮飞这才伸了一个懒腰，在小芳的耳朵边如此这般地说了一通，然后笑眯眯地拿出三个盒子，放在小芳的手心里面。

不多时，小芳从后堂走了出来，看到沈不居已经醒来，正在汪平生的帮助下整理自己的仪表，于是微微一笑，招呼来一个伙计为这等了大半天的两人沏上了第一壶热茶。看到沈不居似乎并没有开口说话的样子，小芳安然坐下，似笑非笑地望着汪平生略略有些愠怒的面容。

"两位久候了，适才府上出了点急事，所以有所怠慢，两位还请不要生气。留风药行向来以客为尊，一定会极力满足两位客人的需求。"

"这位是新安四家沈府的家主，沈不居沈老，正是江南一带药行的前辈，在下则是汪家家主汪平生，见过小老板。这一次来贵药行，是为了买回先前一位友人误卖的药材，却是打扰了。"

"误卖？"小芳端起茶盏，"留风药行向来公平、公正、公开，不会无缘无故就收下药材，更不会恶意压低药材的价格或者诱使客人买药卖药，所以，两位可以离开了，这里没有两位需要的药材。"小芳将茶盏放下，似乎对这两个人显赫的身份并不感冒，语气也是淡淡的，几句话之间就要赶人送客，哪里像是一个不经人事好欺侮的小姑娘？

汪平生愤然起身，佯装着就要离开，但是小芳依着程暮飞嘱咐，摆出来一副云淡风轻的姿态来，对汪平生目不斜视，爱理不理的样子。沈不居见小芳如此态度，连忙起身拉住汪平生，示意他坐下详谈。

"小老板不要将他的话放在心上，我们来这里，只是为了买药，

185

买药而已。不论小老板这里有多少，只要开价，我们有多少便要多少！"沈不居含笑，又将那三种药材的名称报了一遍。

"买药材，先前客人您为什么不早说呢？"小芳让一旁的伙计拿出来一本账簿，慢条斯理地翻开查询，"我记得去年的时候雨季好像是提前来的，江南最有名的新安四家好像在去年的时候就没有收购多少药、茶、丝、粮，可是去年收购价格却是格外的高，收购起来十分的麻烦，一次就把我们的流动资金给折损过半，害得我们大老板新开这个总行的时候还得跑到外面去借贷资金，一直到现在都没有把钱还清。"

"现在想想，我们到底是小辈、是新人，怎么能和老人家争饭吃呢，不过这亏空嘛……"小芳忽然合上账本，转身从屋后拿出来三只品相普通的小木盒子，"五大采办织造确实是个宝贝，可是却得有那个命去做才行，您说对不对？像我们这样的小门小户，就算是手里明明已经抓住了四样药材，可是只差这一步之遥，却是始终迈不过去，当真是可惜了啊……"

小芳打开木盒，将里面白、朱、紫三色的药材展现在沈不居的面前，笑吟吟地给自己倒上了一杯茶水："两位先看看这药材是否合适，我这间小店虽然有了几分起色，但是毕竟比不上豪门大户，没有备上多少，总共也就是这么一点的分量。真是可惜啊，还少一味药……"

第三节　官府压力

"真是不知道到哪里才能找到那味茶罗藏蜜……"小芳还在这里兀自感叹，沈不居却是已经伸出手去拿起这些木盒，一个一个地验看。

沈不居先是拿起一小撮白蝇粟在掌心揉了揉，放在鼻端细细地闻嗅，经过炮制的药材气味纯正，没有一点的麻味掺杂在里面，药性很是通透，经过了揉搓的药材在灯光之下显出微微的褶皱，确实是新鲜没有使用过的。他又拿起一枚龟蛤丹放在掌心把玩，龟蛤丹坚韧肉冠，弹性上佳，经手掌热力催动，淡淡的奇异味道散发出来，满座皆能嗅到。

至此，沈不居没有去检查最后一样药材，而是转而看向小芳，"小老板，药确实是好药，不论你有多少，请开个价吧！"

小芳放下茶盏，摆弄着自己的手指，看着天外渐渐黑下来的天空，比出来三个手指头。

"三千两？"汪平生试探着问道，虽然眉已经皱了起来，右手却已经伸进怀里，准备掏出银票结账了。

　　小芳轻笑，又将目光投向了沈不居，"客人这是在说笑么？三千两？以您的眼光难道会看不出来这些药材价值几何？"

　　"小老板的意思是……"

　　"三万两，不二价，不打折，不优惠，公平公正！"

　　一旁侍应的小伙计一个没反应过来，脚一软，右手重重地撞在桌面上。"我赶只苍蝇，我赶只苍蝇……"

　　"小兄弟说笑了，现在是寒冬季节，哪里来的苍蝇。"沈不居看向小芳，脸上那叫一个云淡风轻、毫不动摇，他又看看摆在桌面上的药盒，一咬牙，拿出来一张银票，"只要能够拿下这一次的名额，难道还怕没有机会把这些银子拿回来么？只要有了这些，就是整整七味药材，只要找到最后一味荼罗藏蜜……"

　　小芳接过银票，将那三只盒子向前一推，"两位收好，这就是您的药了！"

　　汪平生赶紧接过盒子，有些恼怒地看着小芳，恨不得转身就走。但是他将盒子全部接过来以后，脸色却是有了些许的变化。他压低声音对沈不居说道："沈老，这分量不对……分量，不够题目里面标明的……白蝇粟至少缺二钱，紫檀茶芝恐怕要缺上一两。"

　　"你说什么？"沈不居扭过脸来，眼中已是有些充血，他拿过盒子亲手掂了掂，刚显得有些晴色的面颊瞬间阴沉下去，他收回已经走到门前的脚步，再次走到了小芳的面前。

　　"小老板，这件事情你做的可不地道啊。诚信乃是经商之本，你为何要私自扣下我的药材？"

　　"这位客人，饭可以乱吃，话却不能乱讲，你说这话可是要负责

的！"小芳站起身子，正色道，"我们先前可并没有说过我手中一共有多少分量的药材，是你自己说的，不论多少，你全要，所以这已经是所有的药材分量，就算没有达到你预先的期望数目，也不能够怨在我的身上！诚信乃是经商之本，我留风药行向来秉持诚信经营，如果客人你坚持如此污蔑我留风药行的名声，我可是会去官府状告你的！"

"你！明明就是你坑扣了许瀚卖出的药材，我族中记录上说得明明白白，白蝇粟分量一共六两四钱，紫檀茶芝稍多八两二钱，这些年又根本没人使用，怎么会忽然少了这么多！"

"那关我什么事？我说这是全部就是全部，你有什么不满去找卖药给我们的啊，跟我说有什么用？你我是钱货两清，再想买药，那就是另外的买卖，可不能混为一谈！"

沈不居瞳孔一缩，听出来小芳口中的意思："那，小老板可还有别的买卖与我做？"

"你等着，我去叫大老板出来，他刚从外面进药回来，有没有但看天意！"小芳哼了一声绕到了后堂，才刚刚离开那两个人的视线，小芳就一个趔趄软在地上，半天都站不起来，程暮飞赶紧抱起小芳放在床上，细细地按摩。

"这两个人，尤其是那个老的，太难对付了，我按着你说的做，都不用自己想办法应对，结果还是紧张死了。"小芳揉着腿抱怨。

"好了好了，你就乖乖在这里歇着吧，接下来你就在这听着我出手就好，过了今天，我要他们不仅把去年初春的债还回来，还要因为这个甄选的大局狠狠吐上一口血！"程暮飞拍拍小芳的肩膀，把她放平在床上，一转身，走了出去。

沈不居抬头，倒是并没有认出程暮飞，这两个人虽然已经明里暗里交手不少，但是像现在这样面对面的交流却还是第一次。沈不居没有什么反应，但是一旁的汪平生却是忍不住流出了一滴冷汗。

当年是他亲自设下那一个个的计谋，生生的羞辱了程暮飞，在程暮飞陷入必死绝境的时候去买通了杀手，让他在鬼门关前走了一遭。原本汪平生已经认为这个程暮飞必然不会是先前被他阴过一次的那个人，毕竟受了重伤又从高楼落下，最后还被混乱的人群踢进了运河……虽然最后也没有找到尸体，但是从常理上看去，又有什么人能够在那样的环境下存活下来？

但是眼前这个活生生的人又不是鬼，除了眉眼之间有些沧桑和成熟之外，分明就是当年那个意气风发想要和自己一较高下的程家孽种！汪平生心中发寒，现在形势比人强，他悄悄地往沈不居身后站了站，低下了头。

"听说两位客人需要一些我从外地进回来的药材？"程暮飞微笑，"这两样药材虽然并没有什么特殊的珍贵之处，却好在是十分的稀少，又和今年采办织造的题目相合，想来价格不贵一些的话，两位……怕是拿不走啊！"

"只要能出的出价，就没有什么是不可能的。先生请出价！"

"客人……好心机。晚辈无缘五职，确实也不想和客人敌对……不如这样，五家为一，尊沈为上如何？"程暮飞笑眯眯地从怀里取出一方用锦帕包裹着的小宝，双手奉上。

沈不居哈哈大笑，随手取过包裹，很是赞许地看了程暮飞一眼，大步迈出了药行大门。而落在后面的汪平生狠狠地看了程暮飞一眼，

对程暮飞见风使舵的态度感到十分恼火。就在他转身甩袖离开的时候，却被程暮飞一把拽住，笑眯眯地伸出一只手来："客人，请付账，两种药材，合计二十万两！"

程暮飞送走了气急败坏的汪平生，转身走到后堂一间静室，坐在桌子前，慢悠悠地拿出几枚铜钱，放在手心中把玩。多年不曾握笔的手竟然变得十分灵巧，这几枚铜钱一枚枚在他的手指间翻飞舞动，却是没有一个落地，彼此之间也不会互相碰撞。

程暮飞的另一只手中拿着一张薄薄的纸，上面有汪平生和沈不居的亲笔签名，正是两人在买药材之后写下的票据。程暮飞看着这张票据，沉静地思索着什么。过了良久，程暮飞手指轻弹，将铜钱一一弹落在桌面上，排成一个优雅的弧形，而在这弧形之下，程暮飞笔走龙蛇写就了一幅张狂傲慢的通告，通告之下，赫然签着沈不居和汪平生的名字，看那笔迹，竟然是分毫不差，就好像真的是这两个人亲手签上去的一样！

"真是想不到，时间过了这么久，我辛苦练就的这一手仿写竟然还没有退步，现在拿出来应应景，给他们两家一点小小的压力，想来，他们还是应该好好地感谢我才对啊！"

程暮飞收起那几枚铜钱，待纸上的墨迹晾干，微一沉吟，还是放到了自己的怀中，跟小芳耳语几句，起身走进了屋外茫茫的雪野黑暗中。

第二日一早，屋子外面的吵嚷声就没有断过，简直是比过年庙会还要热闹，所有的人都挤在衙门口告示牌边上，唧唧喳喳地讨论着什么。而同样挤在人群中的沈家、汪家人的脸色，却是难看到了极致！

"今日吾沈家特此通告，圣恩五职所需药材数八其七已归吾手，仅剩之茶罗藏蜜亦将在三日内于汪氏得赠，忘痴心尔辈珍重，莫误废银钱，徒增笑柄！沈氏沈不居，担保人汪氏汪平生敬上！"

第四节　沈家败溃

"你说什么？这，这怎么可能？竟然还有我和沈不居的亲笔签名？你确定没有看错？担保人的名字那写的是我而不是其他什么人的名字？"

"千真万确啊老爷，您就是给小的几个胆子小的也不敢乱说啊！"

"程、暮、飞！"汪平生松开手，任由报信的那名下人跌跌撞撞的退在一边，咬牙切齿地念着程暮飞的名字。昨天沈不居离开之后，汪平生就被程暮飞狠狠地挖下来一大块肉，足足二十万两白银就这么眼睁睁地被程暮飞一口咬下，甚至连商量的余地都没有。他自然不可能去找沈不居讨要这二十万两白银的亏空，只要事成，沈家就是新安四家当之无愧的无冕之王，向皇帝要亏空？除非你是真的活腻了想求一个痛快。

沈不居已经抱着药材欢喜无比地走出去，这二十万两白银的亏损就算是做样子都没有人去看，只能打碎了牙齿往肚子里咽。程暮飞一

口吞了自己一成的家产，但这还不算是最狠的，他竟然猖狂如斯地在衙门门口的告示牌上贴了这么一张纸，这下子可是直接就将所有参与甄选的商家统统得罪了一个遍，就算是想解释想赔礼道歉都没机会去做。

更何况虽然现在确实是已经将八种药材里面的七种收集齐全，但是最后一种药材的珍贵稀少程度可远远不是其他几种可以媲美，汪平生自忖不要说是三天的时间，就算是三十天的时间也未必能够再找到这么一味珍惜的药材。按照汪平生和沈不居的计算，朝廷给的期限是五十天收集齐全八味药材者胜，现在才刚过去不到十天，剩下的这三十多天的时间就算自己找不到那最后一味药，那么朝廷也应该是酌情让收集的药材数目最高者得到这五个职位，总不可能说就因为少了一味药就坚持让这些个职位悬在那里。

但是现在程暮飞这一封信却是可以说完全地杜绝了朝廷做出这一行动的可能性！或者说，朝廷是绝对不会对新安四家中的任何一家，尤其是沈家和汪家做出这样的让步的！甚至可以说假如三天期限一到，沈家和汪家拿不出来完整的八味药材，朝廷甚至可能用这封信当做理由，狠狠地治自己一个欺君之罪！

"程暮飞，你好狠的心思！"汪平生顾不上处理其他事情，急匆匆赶向沈府。

而在沈府的沈不居自然也是得到了消息的，甚至他还弄到了一份拓件，都不知道在众目睽睽之下他是如何做到的。沈不居毕竟是老谋深算，汪平生所想到的他自然也是马上就想到了，甚至比汪平生想得更多，猜到的可能性也更多。

　　沈不居再把身边的人手统统撒出去调查收购最后一味药材的同时，还专门派遣了自己的几个心腹去程暮飞的府上、留风药行的总部去刺探情报。

　　很明显，沈不居都不用去想就知道这一定是程暮飞一早就打算好的计划，不管许瀚是否将属于许家的药材卖给了留风药行，他程暮飞都会放出风声要出手这八种药材中的某几种药材，为了不让其他商家有任何的机会和自己竞争，自己必然会和汪平生一起前来购买这几样药材，除了过程会有所不同之外，但是这结果必然会是相同的！

　　沈不居甚至在想，程暮飞或许已经掌握了最后一味药材荼罗藏蜜的下落，只等着自己一步步踏入到他的陷阱中然后用这一步棋来将死自己。而自己竟然就这么傻乎乎地钻进了人家的陷阱！

　　虽然手上的拓印件上面的字迹乍一看之下确实是自己和汪平生的亲笔，但是除了两处签名之外的其他地方的字迹却是分外张狂洋溢，很明显不会是老迈的沈不居和阴沉的汪平生所写。这一份明显是程暮飞下给自己的战书！因为不会有人专门去研究这张字条上除了签名之处以外的字迹。就算是能够分辨出这并不是沈不居的本人又如何？木已成舟，谁也不会听他们的解释！

　　这是一步死棋，一步孤注一掷，生生要将自己逼迫致死的死棋！从一开始，这就是一个天大的圈套。甚至连提出来要用这八项药材的收集当做题目的那个人，都有可能是程暮飞安排的！

　　既然你生生要把老夫逼到这一步，老夫也不会介意和你拼上一个鱼死网破！大不了同归于尽，老夫当年也是这么过来的，难道会怕你一个后生晚辈？沈不居心意把定，将身边最后一个人支走，转身回到

195

更衣室，换了一身朴素的行头，将自己原本梳理得整整齐齐的头发弄得乱糟糟，在脸上洒了一些古怪的药水，使得他的肤色看起来仿佛是褐色枯萎的老树根一样，双眼也变得有些昏黄浑浊，一时间竟然好像是完全变了一个人一样。

易容后的沈不居没有惊动任何人，默默地朝着打行的方向挪动着脚步。

半路上，汪平生匆忙地向沈不居的宅子走去，两个人擦肩而过，沈不居还故意地朝汪平生身边凑了凑，却见到汪平生一脸厌恶地绕开了他的身子，显然是有什么急事，不然一顿臭骂怕是少不了的。

沈不居满意地笑笑，这一套易容术可是他当年谋夺素氏、程氏家产使的必杀绝活，想不到现在却是要再度用在程家的后人身上，虽然用法不同，但是沈不居孤身行走在夜路上的这一幕却是与二十余年前惊人的神似。汪沈两人错身而过，谁知道就是这一个错身，竟然让事情发展到了一个难以收拾的地步！

汪平生这一趟自然是没有机会碰到沈不居，焦急等候半晌也不见沈不居的身影，而在慌乱之中，他竟然想出一个釜底抽薪的想法来，当下匆匆给沈不居留下了一张字条，就赶回家中，将自己保留的早些时候的一些证据拿了出来。加上最近一段时间通过打行所收集到的数据信息，匆匆忙忙地整理到一个大袋子里，就来到了知府衙门。

"一如老爷所见，这程暮飞不仅仅是当年东林党余孽，不知道为何能够得以幸存下来，但是他枉读圣贤，早年时候还做出了这种种的恶行，想必在太湖知府的档案室内还封存着他当年在太湖所作种种的卷宗。"汪平生站在台下，侃侃而谈，"承蒙圣恩，他得以从龟兹那

不毛之地回归大明，再度成为天朝子民，但是他却是恶习不改，再度放纵手下行事走私，更用非常手段坑害我汪、沈两家，祸乱江南市场秩序，大人，如此之人，不能姑息啊！"

"现如今沈家家主已然因为他的坑害导致气血不畅，在家休养，特地托小民前来将他告上一状，还请大人公断！"

"哦？你却是这个说法。"知府草草看了几眼，却是没有多说什么，只是重重一拍惊堂木，"传，留风药行，程暮飞！"

随着知府这一声落下，得意非凡的汪平生却是瞪大了眼睛，看着程暮飞从后堂转了出来，向着知府随意地拱了拱手，竟也不行下拜之礼，倨傲而立。

"先生果然妙算，这恶人当真前来告状了。"知府向程暮飞点点头，又看向汪平生，"你所说的程先生已经尽数向本官说过，人言少年莽撞，做错事在所难免，何况先前已经有皇上颁布天下大赦的旨意，你却是紧紧攥着前事不放，可是想要本官治你一个大不敬的罪名？"

"再说你所讲后面有关程先生放纵手下走私之罪，但你可知道，程先生当日虽然辞去龟兹官职，却也接下了皇上封赐的爵位和特使之职？虽不在朝，却是专门为皇上经营办事！你口口声声所说程先生祸乱江南一方，本馆看到的却是你处处僭越！你可知罪？"

"知府大人不必为难汪家主，如他所言，他此次乃是替代沈家家主告状，这罪名，又怎么能够加诸在无辜之人的身上？"程暮飞微笑，"不如这样，我好歹也算是和这新安四家同根同源，只要三日……啊，两日后，沈家或者汪家，真的凑齐了那八项药材，得到五个职位之后，允诺拿出日后一半得利上交朝廷，便不要再追究了如何？如是没有，

那么，就连同欺君之罪，一同并罚吧！"

"扑通"一声，汪平生跌坐在地，心中哀叹，"沈家，完了！汪家……"

还会远吗？

第九章

翻云覆雨终称王

第一节 一方觊觎

汪平生失魂落魄地走出衙门，不知不觉中，他来到了沈家宅子门前，尽管他现在的大脑已经完全空白，但是潜意识还是带领他来到了这里。看门的小厮一连叫他几声都不回应，虽觉得古怪却也没有再多说什么，直接打开大门把他迎了进去，又派了一个小厮进去通报。

在程暮飞的授意下，这一次的审理并没有对外公开，完全是私下进行的，是以除了这两个当事人之外，并没有什么人得知沈家、汪家这近乎是死刑一样的宣判。

话分两头，从打行刚刚回来的沈不居正在后堂细细地用药水把先前画在脸上的那一层层的易容粉洗掉，把自己好好地收拾打扮了一番，恢复了平时养尊处优、一丝不苟的富家翁的形象。此时他的心情非常之好，自以为神不知鬼不觉地处理了程暮飞这个隐藏在暗地里最深处的隐患，又没有把自己沈家牵扯进去。

　　就像汪平生假借了他的名义去知府告状一般，他同样也是用了汪平生的名义去打行订的合同方的任务——刺杀程暮飞，只要程暮飞一死，那么天下就太平了。只不过他比汪平生做得更加细致，还给自己化了妆、带上了汪家的信物，用的还是汪家的股份做赏金，实在是相当划算的一笔买卖。

　　这打行乃是从太湖一带发展过来的类似帮派一样的行当，说白了就是一群打手、杀手、镖师聚在一起讨生活的组织，其历史背景可以说是年代久远，而沈不居找的这一间也是有几年历史的老招牌了，把任务交给他们，应该不会有差错。

　　不过沈不居刚开心了没一会儿，就听到通报说汪平生来了，起初他还不怎么在意，不过等他迈着四方的大爷步，优哉游哉地走出门见到了汪平生之后，这才感觉到事情似乎没有他想的那么简单！

　　或者换一个说法，能让汪平生变成现在这副样子，那一定是出事了，而且，出的绝对是大事！

　　"发生什么事了？"沈不居的脸上带着不快，在新安四家数千子弟中他之所以最看好汪平生，甚至暗中帮助他上位夺得家主宝座，就是因为看中了汪平生沉稳阴狠，不喜形于色的特质，扶持这样一个人固然有反噬的危险，但是却能帮助沈不居走上人生巅峰，成为第二个程步天。不过自从和程暮飞交手以来，汪平生就显得很沉不住气，处处焦躁莽撞，甚至连去年和程暮飞进行价格大战，勉强让程暮飞吃了一点小亏都是靠沈家的支持。而像现在这样露出一份麻木的表情来，这简直就是令沈不居不能忍受的事情。

　　一名商人，最重要的就是要有一个随时随地都处于冷静状态的头脑与缜密又不失大胆的思维，意气用事的许瀚，平庸木讷的江方都不是一名合格的商人，而如今就连他最看好的汪平生也成了这样，顿时就把他的好心情败坏了大半。

"枉顾一生恨平生，迷随老驹入樊城，目见春色景未有，一窍迷霾断途生！"汪平生讷讷自语，双眼虽然看着沈不居，却是已经没有了一丝的光彩在里面。

"嗯？你是什么意思，把话说清楚！"沈不居隐隐感觉到事情似乎有些不对，从汪平生的这几句话里面竟然听出一股不祥味道。"你把话说清楚，到底发生了什么？难道是程暮飞又出了什么阴险的计策？反正他已经可以算得上是一个死人，难道还有什么好担心的？"

汪平生很是悲悯地看了沈不居一眼，嘴巴张了张，却是吐不出一个字来。这时匆匆从外面走来一个人，正是沈家花了大价钱安插在知府衙门帮忙打探消息的朋友。这个人步伐匆匆，走得满头大汗，见到沈不居甚至来不及行礼，直接一个箭步窜到沈不居的身边，窸窸窣窣地说了一大通。随着这个人每多说出来一个字，沈不居的脸色就白上一分，等到来人把话说完，冷汗已经把沈不居两鬓的发丝打透，身上厚厚的一层衣服竟然也冒出水蒸气，整个人仿佛是刚从蒸笼里面出来的一样。

"这一般人谁能看得出那个程暮飞年纪轻轻的就已经被皇上封了爵位？辞了外国的官不说，竟然还因祸得福得了皇上亲自赐予的特权官员，光是有权对外采办，这中间可是得有多大的利润啊，更不要说人家可是一手掌握对外贸易的要道特权！

"说起来要是汪爷没有去找知府老爷也就罢了，听说今天程暮飞大爷过来不过是讨论一下有关那张签着两位名字的通告的真假而已，偏巧就碰上了汪爷跑过来，拿着沈爷您的名头去告状，这一次可是捅了马蜂窝，少不了要在最后背上一个欺君之罪！唉，小的也不多说了，时间不多，两位也能把最后一味药找到那是最好，要是找不到，两位还请节哀便是。"

来人倒是干净利落，说了几句之后也不要赏钱，直接拱拱手就走了，却是留下了沈不居一脸的惨白，看着同样失魂落魄的汪平生，忽然就有一种把对方一刀砍死的冲动，这个念头不过在他的脑袋里转了一转，就被一阵深深的无力感给打败了，现在哪里还有什么心情去对付这个一时失足却使自己万年无法翻身的小辈？

人说屋漏偏逢连夜雨，船迟又遇打头风，报信的人刚走没多久，又是一名满头大汗的人匆匆忙忙跑了进来，不过这个人却是穿了一身官府的制服，神态倒是并不慌张，隐隐的还在平静下埋藏了一份幸灾乐祸。

"谁是沈不居？"甫一站定，他环视一周，淡淡开口。

沈不居赶紧上前，口中连连答应："我就是我就是，不知道差官有什么指教？"

"指教不敢当，我只是来回跑腿给您捎个信，"衙役看了沈不居一眼，笑道，"知府大人那里已经收了圣旨，在边塞外围女真异族异动频频，数次试探性地侵犯我大明边疆，极有可能是开展的前兆，所以皇上特别颁下旨意，说江南乃鱼米之乡，天府之国，富甲天下，其中尤以新安四家为重中之重，富中之富，所以这一次要求

江家无条件免费供应第一批的军粮，许家、汪家则是负责将士们的穿衣用度，至于其他的银钱需要还有药材的供应，则是由你沈家一手负责；这一次的银钱上缴数额是五十万两白银，务必在十日内交齐，如果做不到，哼，您老一定知道后果！"

"圣旨的抄写卷随后会送到，还请您尽早把事情处理好，要不然在这种时候触动圣怒，怕是一定不会有什么好果子吃！"衙役拱拱手，也没有多停留的意思，却是一边走一边在嘀咕什么，沈不居虽然年纪大些，却是听力很好，竟然听得清清楚楚。

"沈家作威作福这多年，搜刮的银子还能少了？一听要掏钱看他紧张得都跟水里捞出来的一样，哪里有什么大家族的样子？说起来还是人家程家大爷义薄云天，才来到江南这一带不过一年多不到两年的时间，竟然就一口气拿出价值一百万两的银子和药材，这可真是位豪杰、义士！像这种人要是还没有机会和能力拿到朝廷的采办织造的职务，那老天才是真的不开眼了呢！"

沈不居听着风声中传来的话语，浑身上下都开始哆嗦起来，恨不得现在就去打行让他们马上动手，把程暮飞那个小杂种碎尸万段、抽筋扒皮！

汪平生冷冷地看着沈不居这气急败坏的样子，惨淡地笑了笑，趺趺撞撞地爬起来，好像是并没有把刚才那个差官的话放在心上一样，悠然地向外走去，走到门口的时候忽然转身，看着沈不居笑道："人家说的没错，你，我，算是什么东西？"

"噗！"沈不居一口老血终究还是喷了出来！

第二节　再遇刺杀

沈不居一口心血喷出，整个沈家顿时就是一阵沸反盈天的慌乱，映衬着汪平生渐行渐远的身影，竟然有一种说不出来的萧瑟。

程暮飞回到家中，很少见的亲自下厨做饭，满满腾腾地做了整整一桌子好酒好菜，然后端端正正地摆上来四副碗筷，这才微笑着喊来小芳，准备吃饭。

"大哥，今天有客人？"小芳看到桌子上摆放的碗筷，感觉有些奇怪，现在又不是逢年过节，程暮飞却是做得如此丰盛，去年腌制好的腊肉腊鱼全部做好了下菜，甚至还有许多在这冬春时节难以见到的新鲜蔬菜。而且看着他身上的油星和汗水，应该是他亲自下厨做的饭吧？这是要来什么尊贵的客人么？竟然会让他如此上心。

"不，今天没有别人，只有我们四个。"程暮飞拉过小芳，在她的手上放上一个杯子，里面斟满了上好的绍兴状元红，看着那黏稠如浆、芳香四溢的酒液，明显是窖藏至少三十年以上的老酒，比

等重量的黄金还要珍贵。

程暮飞手中同样拿着这样一个杯子，装着相同的酒液，他微笑着拉过小芳，向着主位上的两副碗筷恭恭敬敬地行了跪拜礼，然后将手中的酒液倾倒在地上，如是者三，才将酒杯再次斟满酒液，摆放在两副碗筷面前。

小芳学着他的样子，也倒了三杯酒在地上。虽然她出生的时候就生活在龟兹，但是经过这段时间在大明的生活她也知道，这种行为，是在告慰在天的灵魂，看程暮飞虔诚恭敬的神色，还有眼中的怀念和欣慰，这，应该是在拜祭他的父母吧。

"来吧，小芳，尝尝我的手艺。"程暮飞指着桌上的菜，显得比平时还要温柔不少。

"程大哥，今天……是伯父伯母的，忌日？"小芳抄了一筷子青菜放进碗里，试探着问道。

"不，今天不是，确切的来说，我也不知道他们的忌日是什么时候，在他们去世的时候，我还是一个什么都不知道的孩童，甚至连什么时候失去的他们都不知道。"

"今天是一个值得庆祝的日子，从当年流落到龟兹，到我硬着头皮游走在阿兹那大叔、大小佳木斯老爷之间的时候，我就已经在不断地安排着各种的暗子，其实有些手段连我都不知道最后会不会有用。"程暮飞畅快地饮下一杯酒，"那一年，我被汪平生算计，同样是在那一年我成功游说佳木斯老爷用近乎赠送一样的价钱拿到了他的留风客栈。也就是在那个时候，我开始了我的计划。

"留风客栈，一直到现在也是一所兼顾了旅店、交易、存货、

银行、中介等多种功能的综合体，原来我是想要借着这个综合体的发展，暗中潜伏回到大明。不过老天似乎是有意地对我开了一个大玩笑，他派来了范成的一个小弟来我新开张的客栈捣乱。按照我当时的心情，才刚刚摆脱掉逃命和奔逃的生活，自然是不会就这么咽下一口气。

"其实在刚开始的时候我并没有看到在这件简单的事情背后隐藏的机遇，是你的一番话，让我突发奇想，试着去赌博一把。"

程暮飞温柔地看着小芳："当时你对我说这帮地痞在龟兹横行不是一天两天了，仗着沙里虎的威风作恶，却也不做什么杀人放火的事情，官府也顾不上处理他们。这确实让我猛然发现，这些人只是求财，并不是什么杀人为乐的疯子。就在我通过对佳木斯老爷的了解和推荐之后，我决定与佳木斯老爷的兄弟进行一个全新的博弈，不再像一个迂腐的书生一样心心念念只想洁身自好，所以，我去拜访了被称为'沙里虎'的土匪，也在这冥冥的安排下再次遇到当初的旧识范成大哥。

"至于后来，我的计划越来越大胆，但却有如神助一样进行得十分顺利。我通过每年大小佳木斯老爷的商队请人在大明各地建立起一个个的留风客栈，而且还在留风客栈终于在江南地带生根的时候，借着客栈的掩护办起了第一间小小的药行，留风药行。到这里，我计划的第一步才算是真正成功。

"后来我结识了回鹘大将军，明面上说是帮助龟兹整顿，实际上除了那些入库将军府的税款之外，还是有将近一成的银两落入到了大将军的私人的腰包。人生为财，不外如是，就算是大将军也是

那个样。"

"所以，大哥你的特使腰牌实际上是相当于用钱买回来的？"小芳惊呼，有些难以置信。

"没错，就是这样。一切的一切其实都是我在私下交好众人，偷偷把各种福利利润交给那些和我合作的人，只为了达到我最后的目的。

"其实不仅仅如此，我在龟兹的时候，龟兹的经济确实是有所好转，那是因为我专门找人一层层地把那些有可能危害到龟兹经济发展的人全部看管起来，所以龟兹才会如此迅速地崛起。而现在，龟兹除了我名下的行业，其他的可以说是一如往常。"程暮飞的眼神慢慢冷淡下来，望着那两双碗筷后面空着的位子，尽管嘴角还带着笑容，却是显得有些悲凉。

"在回到大明之前，我和范成已经商量好了回来以后的所有安排，直到现在这一切依然在按照我的计划进行着。在大殿上辞去龟兹的官职，范成的挽留，对皇帝的挤兑，还有向皇帝说出我可以参加江南采办织造之后的那个寻找药材的建议，也是我和范成大哥经过长时间推敲才决定下来的。

"这八味药材，其实就是很早以前我父亲还在的时候，由他一手得到，然后分给其他几家的。这件事情他做得很隐秘，因为当时新安五家正处在困难时期，我父亲得到了一笔意外之财，包括这八种药材和其他的一些资源，但是谁知道，在度过这段难关之后不久，他们就下手谋害了我的父亲。所以我要用这八项药材，用当年我父亲赠予他们的来报复他们，让他们偿还这几十年来他们所亏欠的！"

程暮飞向着空处敬了一杯酒，双眼中有眼泪流出。

"那八项药材中的最后一味，茶罗藏蜜，他们所有人都不可能找得到！

"因为，在这世界上，仅有的一颗茶罗藏蜜所凝结的珠子，就珍藏在皇帝的太医房，除了皇帝根本不可能有人能够凑齐这八种药材！"他的声音高了起来，"而我，皇帝亲封的郡伯，秘密地为皇帝走私的特使，完全不需要参与竞争就知道，这，五个位子原本就是为我准备的！

"但是我却依然装作一副什么都不知道的样子，依然跟他们竞争，甚至还放出消息给那些暗中监视我、扣留我的打行，让沈家、王家可以更好地、自以为是的监视我，算计我，然后试图从我这里取得更大的利润和好处！

"来到江南之后，我故意和新安四家进行价格商战，故意向他们示弱，然后亏损一部分的资金来让他们轻敌；我用留风药行打沈家一个措手不及，我还专门找理由跑出去，给江南市场留出来一个无人看管的假象；我还偷偷地让范成去行商茶、药、丝、粮，就好像是他趁着我不在的时候偷偷跑出去走私一样……

"包括最后我用近乎天文数字一样的数额把在我手中的这几味药材卖出去之后，我还仿照汪平生和沈不居的笔迹写了那封可以说是堵死所有的退路的通告，为的，就是今天，让汪平生或者其他的什么人去知府状告我，然后，真正地让他们在精神上、现实中同时走上绝路！"

程暮飞的声音在这间不大的屋子中回荡，只听得到他一条条诉

说自己阴谋诡计的声音，除此之外，再无声音。

他忽然看向了小芳，用一种无比温柔的，含着小心和希望的眼神凝视着她："小芳，就是这样的我，你，还愿意和我在一起吗？"

在程暮飞身后的阴影处，一道阴冷的寒光闪过，直直飞向他毫无防备的后背！

第三节 红极一时

这一道寒光可是比当年那名乔装成的小书童砍下来的一刀要冷冽许多，甚至在之前程暮飞和小芳谈话的时候都没有流露出一点声息。不等到程暮飞有所反应，已经一刀端端正正地刺在程暮飞的身后。

小芳张大了嘴却喊不出声音来，眼睁睁地看着那一把刀隐没在程暮飞的身后，然而还不等他的声音发出来，那名刺客已经哈哈大笑起来，一把拽下脸上的黑布，扔在桌子上。

竟然是范成！

程暮飞不满地瞪了范成一眼，自己正在重要地告白时刻，就被他这么给搅和了。

"兄弟你可别怪我吓你啊，这可是沈不居老爷亲自跑到我的打行悬赏的任务，我收了人家的钱，怎么也得意思意思才行。这可是商业信誉！"范成哈哈大笑，眼里尽是得意。

"说来你不知道吧，就在我刚刚出发的时候接到了一个消息，

说是沈不居不知道什么原因吐了一口血，然后回屋休息了没半个时辰就挂掉了！到底是活够了岁数的人，这一下子就去见了阎王！嘿嘿，不过这样也好，他现在不挂掉，等到他发现这个小小的从一个保镖行逐渐站起来的巨无霸行当竟然是我当年当沙盗的时候搞起来的，他竟然去程兄弟你自己家的产业找人杀你，只怕也会干脆利落地一口血喷出来死掉吧？哈哈！"

程暮飞叹了一口气："死就死吧，他死了，上一辈的人的恩怨也就了了。"

"小芳跟我以后开导了我不少，虽然我还是执意说要向他们报复，但是现在也没有赶尽杀绝他们的意思了。一切顺其自然就好。倒是范成大哥你去哪了？我可没说让你真的去外面行商吧？"

"嘿嘿，我这不是去接我媳妇和女儿了么，左右我看咱们的计划也差不多成了，所以就把他们带了回来。当初怕出事，不是不敢么？"

程暮飞摇头苦笑，看小芳脸上露出好奇的神色，只好转了话题，添了碗筷，任由范成大肆讲述一番。

第二天，沈不居暴毙的消息就传了出来，一切都按照事先计划好的方向在发展，程暮飞名下的行业趁机吞并了沈家许多生意，而知府则用最快的速度把这里发生的消息向上通报，而后就得到了指定程暮飞担任江南五项采办和织造的旨意。整个江南的市场瞬间就变得波动起来，而那些程暮飞一早就隐藏好的新兴店家则是雨后春笋一样冒出来，很快就把江南商业市场把持在手，加上程暮飞的特殊身份和对外贸易的特权，风头竟然一时无两，隐隐成了江南的无

冕之王。

　　而新家四家中失去了沈家的其他三家此时则是好像认命一样，任由程暮飞剥夺他们的市场份额，沈家直接被知府指定了一个籍籍无名的族人负责事务，和其他几家一起自顾不暇地应付着朝廷的征税和征调。

　　就在所有人认为程暮飞会趁机吞并新安四家的时候，程暮飞却是向新安四家伸出了援助之手，帮助他们垫付了一部分的银钱，然后停止了对他们产业的吞并，只在最后收尾时说了一句让他们空闲时来程府做客的话。

　　汪平生是所有人中最聪慧的一个，听到这句话他思考许久，终于还是发出了邀请函，请来了所有的人到他的家中见面。当然，沈家的新家主不在这个范围。

　　汪平生到死的时候仍然记得，那时程暮飞坐在汪府的客位上，显得并不咄咄逼人，微笑着，慢条斯理地听着范成一条条地诵读小芳给他们制定的友好共存的条款，就好像是和煦的大哥哥在看着自己犯错的弟弟妹妹一样，气度让人心折。

　　"我答应了小芳，新安五家，从来不应该有所争斗。沈不居既然已经去了，那么老一辈的事情，就让他过去吧。汪平生对我的算计，我也已经同样算计回去了，从此一笔勾销。我不会强迫你们做什么，你们依旧是一门的，一切，都是正常的商业竞争。万事和为贵。告辞。"

　　汪平生看着程暮飞的背影，脑子里忽然回荡起沈不居在他幼年的时候，曾经看着一块石碑发出的感慨。

　　这世界上有三种人最可怕。

　　这第一种人，它可以在任何时间把任何的东西都放下，为了一个目的，他可以精准地计算一切得失，并且毫不犹豫地进行选择取舍。在他的身上你不会发现任何可以利用的价值，更不会找到一丝一毫可以牵制他的弱点。它就像是一块得天独厚、冰冷无情但又坚不可摧的金刚石，对于任何阻挠，他会不讲任何的花哨，不计任何的得失，只求达到目的，一击中的。

　　第二种人，恰恰相反，他放不下任何的东西，不管在什么情况下他都不会放弃哪怕一丝一毫。正是因为什么都放不下，什么都舍不得，所以他会动用一切办法，阴谋阳谋算尽，奸计诡计尽出，他会利用笼络一切的因素来保障他自己，保障他的一切。这种人就好像是深不可测的泥沼，不管你是谁，只要你想从他这里拿走哪怕就那么一粒沙子，他都会为你送来最可怕的礼物：毁灭。

　　第一种人可以放下一切，所以他不会懂得如何珍惜，所以他不会想到自己的所作所为会带来什么后果，所以在他的身边不会有一个真正爱他的人，他只会孤独一生。所以，如果他遇上第三种人，他必败无疑，因为寡，毕竟不敌众。

　　而第二种人他什么都放不下，所以他不会懂得什么是真正应该珍惜的，更不会懂得什么叫轻松，什么叫快乐，在他的世界里，一切的一切永远只是沉重的负担而已。所以他的机关算尽最后只会积劳成疾，甚至性格扭曲。如果遇到第三种人，他肯定会输，因为一处受制，处处受制。

　　第一种人的确可怕，他无所畏惧，他冰冷暴戾。他的一切，在一个"狠"字。

　　第二种人的确可怕，他思绪周密，诡诈阴毒，他的一切，在一个"沉"字。

　　但这两种人都不如第三种人可怕。第三种人可以冲淡一切，用一颗宁静的心，以辽远梵音般的静谧面对一切。他也可以平庸无赖，智计百出，如龙腾九霄，神秘莫测。

　　他淡泊明志，远离尘嚣羁绊；他平凡朴实，面朝黄土背朝天，平凡且平庸。

　　但是他真正做到了天人一体，真正做到了淡泊明志，真正做到了大彻大悟，因此前两种人都会因这种人而失色。

　　这世上最可怕的，不过是一颗人"心"。一颗最可怕的人心。

　　他记得，在那块石碑上，隐隐约约刻着一个"程"字。

　　汪平生此刻，就觉得自己仿佛在程暮飞的身上见到了这世界上那个最恐怖的第三种人。

　　但是仔细看看想想，程暮飞又好像哪一种人都不是，他仿佛笼罩在迷雾中一样，神龙见首不见尾。

　　想必，当年那位程家大爷程步天，也是这样的一个人物吧？因为强悍，所以家族中的先人才想要除掉他，因为朦胧，所以沈家才敢于算计他。最终，一切又回到了原点，仿佛什么都没有发生。

　　程暮飞离开了汪家，好像再也不理会残存的新安四家一样，他只是默默地经营自己的产业。虽然新安四家的产业名义上还是在四位家主的名下，但是实质上所有的商家、供货商还有官府都已经被程暮飞联系了起来，只不过程暮飞不愿意对新安四家斩草除根而已。不然只需要一句话，便可以让新安四家倒闭破产，担上无数的债务，

流亡他乡。时间就这么默默地过去了三年。程暮飞在等，默默地等候，他相信汪平生他们会自己做出一个合适的决定，为了他们的延续，也为了他们以后的生活。

终于这一年，在正月十五刚刚过去的一个冬春的晴朗的日子，程暮飞收到了来自新安四家联名的邀请信。

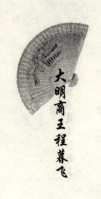

第四节　三年残喘

　　程暮飞倒是没有怎么惊讶，他算算时间，随口跟小芳打了一个招呼，然后拉着范成，抱着范成的小女儿清水一起上了马车，赶去镜月酒楼奔赴这一场意料之中的筵席。

　　到了酒楼，范成却是不愿意跟着程暮飞去见那几个已经渐渐没落的倒霉子弟，就在下面抱着清水喝酒吃菜。反正整座酒楼都被包了下来，在什么地方吃饭都是一样。自从程暮飞成功压垮了新安四家之后，无论何事都办得十分的顺利，而安逸的生活也使范成骨子里压抑了很久的嗜酒如命的因子也开始活跃起来，在闲暇的时候总是少不了来几口。

　　程暮飞无奈，摇摇头独自走上了二楼，汪平生、江方、许瀚几个人已经早就等在了那里，桌子上摆着丰盛的菜品，其中有许多分明就是新安特有的菜品，还有只有新安四家家族中才会做的特色菜。

　　程暮飞看着三人，见他们脸上全是羞涩局促的神情，也就不打招呼，直接进到座中，倒上了一杯酒，然后率先开口，说起一些不咸不淡、毫无营养的开场白。

有程暮飞先开口，空气中的尴尬气氛才终于有了一点缓解，不过说着说着，话题自然就偏向了三年前的事情，不知不觉的，这谈话的味道也有些变了味道。

"直到现在，还是不能够原谅我们几个的家族么？"江方抬起眼皮，"那件事情已经过去了这么长的时间，甚至我们几家也已经付出了相当大的代价，可是为什么在你的眼神里面我们只看得到敌意和怨恨？"

"你们的承诺能够代表什么？让一个人死而复生，或者让一个人的失望变成希望？哈！"程暮飞漫不经心地回答着问题，"怨恨是必然的敌意却是未必。三位可都是新安一家的翘楚，称霸江南！敌意？这可是灭门的大罪咯！"

程暮飞精心地挑选着环绕在身边的美食，按照宫廷盛宴的规模安置一项项的菜品，芬芳馥郁的味道飘散在这里，流入他的鼻子里。

"你们想要说什么，不如就趁着现在我还不想动怒的时候说给我听听，说不定我会对你们减少一分的厌恶。"

程暮飞仔细地用手中的银刀，分割着面前被烹制的恰到好处的美味羊排，一根根的脆骨和肉丝分离，微黄的脆骨就像是上好的黄石，和丝丝金黄透红的肉质泾渭分明，散发出一股别样的香味。

程暮飞挑起一根脆骨，放入口中轻轻咀嚼，发出清脆的声音。"这种味道，真是怀念啊。还在我小的时候，父亲偶尔就会给我做脆骨羊排吃，这种味道，跟那时候，分毫不差。"

江方艰涩开口，斟酌着自己的每一句措辞："这个，或许能够代表什么，让你如愿。"他从怀里拿出来一枚小小的四方玉牌，上面用灵动的笔法绘画出来一条湍急的大江，大江环绕着一束稻谷，正是江家家主的身份象征。其他两人同样拿出各自的玉牌，放在程暮飞的面前。汪平生的玉牌上画着不同的丝绸汇聚成的漩涡，而许瀚的玉牌上则是一株状似笑脸的茶树。

程暮飞一直都在静静地听着看着，没有对三个人做什么回应，就好像看不到听不见，默默地品尝自己面前的美食。而三人也不急不躁，专注地看着程暮飞的一举一动。

"其实我真的不想说，我对于我做出的决定，完全没有一点点的怀疑和犹豫，我也不认为如果我没能得到我想要的，你们会给我相应的帮助和补偿。甚至今天如果我不是拥有足够强势的力量，你们会一拳把我打倒在地，再狠狠地踩几脚。

"其实我今天，是真的想要和你们聊一聊家常，聊一聊当我还小，那些过去的美好的日子。尽管我已经快记不起当年我们曾经在一起玩耍的时光，不过现在坐在我面前的是你们，真的很好。"

"但是，现在……我觉得已经没有什么好说的了。几位,请慢用。"

程暮飞起身，淡淡地向着三个人看了一眼，似笑非笑，穿过那层屏风离开了这个单独的空间。

"……一辈子攻于心计，到最后却是失去了心性，我，输得不冤！"汪平生苦笑，"看来他现在没有什么报复你我的心思，沈老已死，现在他的产业是由官府指定的那个叫沈什么的懦弱小子打理，根本没有资格来这里。不过也算是幸运，沈老的死也对我们的生存

220

产生了帮助。"

另外两人相对无言呵呵地笑了起来。如果不是因为沈老已经死了，怕是程暮飞也不会接受几个人的这次邀请吧？假如沈老没有死，他应该也不会同意几个人这么明目张胆地让权和服软吧？

三个人在程暮飞离开后，索性放开了自己的矜持，自己的架子，反正在这里也没有人能够看得见，他们就像是几个顽童一样，随意地取用着自己最喜欢吃的美食，纵情在美酒中。这是在极端的压力之后几个人养成的放松的习惯，就好像是回到小时候一样，令他们很是放松。

不愿意想，那就不去想！让权，什么时候让权，这个问题，还是等到一醉之后再说吧！

"真是的，这是多少年没有跟人服软，多少年没有被人用简简单单几句话给噎得说不出话了，我竟然就心灰意懒了？"汪平生是最先一个喝醉的，只有紧紧跟随、参与沈老的计划的他才知道程暮飞的厉害，这样一个人，竟然是三个人中最放松的。

从那块好像是囚笼一样的房间中出来，看着虚幻但是无比真实的天空，呼吸着空气中欢乐的味道，程暮飞顿时感觉到自己的心情也开朗不少，至少那种不自由的阴霾感觉变得淡去了许多。

一团毛茸茸的，带一点淡淡的粉色的绒球滚了过来，正撞在程暮飞的脚下，突然绽开，露出一张粉嫩嫩的小嘴，冲着他就是嘿嘿傻笑。

程暮飞咧嘴笑笑，把这团毛茸茸的绒球抱在了怀里，闻着鼻端浓郁的酒香味，不由得惊讶。

"叔叔，这里的酒好好喝，比桃子还甜，叔叔陪清水一起喝！"

"你这个小馋猫，这到底是要喝多少酒才会像这样连口水都露了出来？"程暮飞抬头，左右找不到范成的身影，再想想想范成骨子里的风流性子，还有他好酒如命的嗜好，忍不住摇摇头，"真是什么老子什么闺女，你这是偷偷跑进来吃好吃的吧？嗯？太调皮了！"

程暮飞用手指点点清水的粉嫩的小鼻子，转身向小二讨了一碗醒酒汤，把里面金黄的液体倒进清水的嘴里。看着清水皱着眉把醒酒汤喝了下去，这才露出笑容。

带着一点点酸味，一点点甜味和咸味的醒酒汤味道并不怎么好，不过喝下去以后，清水就感觉到了一股凉凉的感觉，逐渐地把自己身体里的酒意驱赶出去，脑子也变得清醒了许多。

"怎么样，脑子还晕不晕？"程暮飞微笑，看着毛茸茸的清水睁开她那双浅蓝色的大眼睛，摇了摇自己的脑袋，然后在她的脸上亲了一口。"你爹平时老是摆出来一副老成持重的样子，但一到没人的时候就漏出来那份风流又爱喝酒的脾性来。不知道什么时候娶的你娘，也不来跟我说让我喝一杯喜酒，只等你这么大了会说话了才把你带回来，现在没我看着又去喝酒了估计是！"

程暮飞抱着清水，忽然感觉心里一下温柔了很多，离开了酒楼，只剩下身后三个无奈又落寞的人一个个醉倒在地上。他默默地摇了摇头，留下了一个字条："往日恩怨一笔消，今日醉过无需扰。"

过了没几日，四枚环成玉璧形状的玉牌送到了程暮飞的家中，一张薄薄的信纸上端端正正地写着几个字，而下面，正是新安四家的家主签名和印玺：

　　"苟延残喘得三年，再见奉主歌步天！"

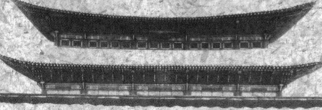

第十章

清军入关远逃亡

第一节 五霸归一

这句话与那几块玉璧，分明就是四家的投诚，代表着要认程暮飞为主！小芳和范成等人无一不面露惊容，惊的是这四家竟然能有如此举措，愿意放弃一切的所谓家族尊严和傲气；惊的是他们竟然能够在如此短暂的时间中就统一了意见、做出来这样的决定；惊的是他们竟然有勇气献上自己的家族的信物而不担心程暮飞会利用这个机会一举将他们的家族产业名正言顺地吞并！

程暮飞对那张纸条倒是没有什么感觉，只是小心翼翼地抱起四块玉璧，一言不发地走进了内堂。小芳和范成紧随其后，看到程暮飞走到内堂后打开了柜子，从柜子中的暗格处取出来一方小小的木盒，从里面拿出来一块花蕊形状，四面有凹槽、表面上凸凸起起很不规则的玉牌。

程暮飞将汪、江、沈、许四家的玉璧安放在这块花蕊一样的玉牌上，竟然是严丝合缝，浑然一体。而在这面玉璧的背面，原本是

227

毫无关联的四块玉璧竟然在中心这块玉璧的连接下组成了一个古朴的"徽"字出来。而在正面那些花草、波纹的线条就好像是天生为了衬托中心的这块玉璧一样，在组成一体的瞬间，所有的图案全部都变得温顺无比，原本单独放置时显现出来桀骜孤僻之气全部消失。

小芳和范成走近后才发现，原来那凸凸起起的并不是想象中的破损，更不是玉匠制作的什么花蕊，而是一副象征着东方甲乙木青龙的东方星宿星图！在恍如烟雾的背景花纹和星宿的包裹之下，一个"程"字傲立其中，生生将其他几家的姓氏字样压了下去，堂堂正正没有半点的隐藏，就仿佛是天生的王者，在宣告着无论是经过多长时间，王，终归是要回归王位的，不会成为其他人之下的附属！

"这个恐怕是我父亲、母亲除了那些早就已经烂掉，不知道丢失在什么地方的书籍之外，给我留下的唯一遗物了。"程暮飞的眼中含着泪花，"这就是象征着新安五霸中程家的玉璧，一直埋在我曾经生活的那间小破屋的地下。直到我承蒙宋老爷赏识，建造了在新安的这间大宅，把原本的房间推平做成花圃，才在一次偶然的机会下从土中找到了这枚玉璧。后来我一直把它藏在这个柜子中的暗格里，想不到过去了这么多年，它竟然还平安无事地放在这个暗格中。"

"真美啊……想不到，想不到，原来这就是父亲当年拿在手中，却总是叹气的那个东西……"程暮飞又落下泪来，转过身，却是用手中的玉璧划破额头，等到额头的鲜血染红了玉璧上的那个程字后，又珍而重之地放在了小芳的手心中，慢慢合上了小芳的手掌。

"嫁给我吧，好么？"程暮飞轻轻说道。

小芳一愣，却是忍不住瞬间喜极而泣，眼泪溅落在鲜红碧绿掺

杂的玉璧上，颗颗崩碎，却是抵挡不住从她的眉心中涌出来的喜悦和感动。

小芳紧紧盯着程暮飞的双眼，在那双眼睛中，有着日、月的影子，带着深沉纯粹的光亮。感受着那亲切的气息，回想起躲在他怀里时温暖安全的感受，心神一时却是陷入到了迷茫。

程暮飞一步一步向前走去，心里有一股压抑不住的冲动。

他的身高刚好高过小芳半头，几步之后已经来到了小芳的面前。此时小芳还没有回过神来，忽然感觉到自己的双唇上紧紧压覆上两片炽热而柔软的湿润，鼻端传来炽热的气息，自己已然被抱入那温暖而安全的怀抱里。

程暮飞也不知道为什么，走到了小芳的面前，自己忽然就情不自禁地吻了上去。

一吻，陷情。

程暮飞从未有过这样陶醉的感觉，他紧紧地抱着小芳，轻嗅着她柔发上的芬芳，感受着她身体上甜美的气息，压抑着自己身上的燥热，还有仿佛要把自己的脑袋都涨破的冲动，疯狂地向着怀中女子的唇间索求，一点一点地向深处探寻，吮吸着可爱的樱唇，仿佛那是这世界上最美味的珍馐，而他则是那个贪得无厌的小贼，不知疲倦地向着怀中的人儿索取着。

小芳只在最开始时微微地愣了一下，随即便全身心地投入到了其中。两个陷入爱河的恋人，在穹顶投下的月光里，在满天星河下，在倒映的眸光中，深深地吻在一起。

程暮飞和小芳此时放下了心头所有的顾虑，所有的心机，所有的一切，全身心地享受这充满爱意的时刻。

两人的气息在拥抱间相融，再也不分彼此。

深情的缠绵过后，小芳粉面如桃，程暮飞颊点朱砂，两人的眼中只有彼此，再无其他……

婚礼就定在十日之后举行，到那时，也正是新安五家真正意义上的五家归一，成为一个完整的利益集团后的第二天。所有前来参加婚礼的客人无一不是一方巨富豪杰，大小官员，甚至连当朝皇帝都暗中派人送来了贺礼，场面之宏大，冠绝大明。在新安四家的仰视下、在范成等人的祝福下，小芳与程暮飞终于修成了正果。

时光荏苒，白驹过隙，距离当年新安集团成立，程暮飞娶小芳为妻已经过去了三年，程暮飞虽然平时经常忙于集团的事务，但也终于成功让小芳在今年初夏的时候怀上了一个孩子。不过此时的程暮飞却高兴不起来，因为在大明的边境，更名为满族的女真一族已经越来越肆无忌惮地向大明发起进攻，明军节节败退，而朝廷却只是不断征粮，哪怕是身为采办的程暮飞，都已经成了大明的债主，数十万两白银和数十万担的粮食被送到了前线，可城池失守、割地赔款等坏消息却依旧不断传来。程暮飞一时之间满头白发徒增，思来想去，决定先把自己和范成的家人送离大明，躲避战争。但是此时向北去龟兹等地的线路已经中断，如果不是程暮飞见机得早，于一年前便出售了自己在龟兹产业，现在的境况必定会更加艰苦。因为北上西去都是向前线进发，那是在找死。

思来想去，程暮飞终于决定，趁着自己现在还有一点权利和关系，将小芳和范成的家人送到了在海岸的另一边，台湾。

离别总是充满无奈和不舍，更不要说小芳腹中还有尚未降生的胎儿，此时竟然就要和自己的夫君两岸分离，个中痛苦又岂是一般

人能够体会。但程暮飞悲痛之余，心中大石却是终于落地，能够专心致志地对付眼前的境况。

在朝廷之外，还有一些民间自发组织的抗击异族的军队。其中规模最大的民间军队叫做"民团"，他们擅长打游击和伏击战，被百姓称作是"救难神军"，总在关键时刻给予侵略者还击。尽管只是小部分的胜利，但是相比朝廷的大溃败，却是足以慰藉百姓的精神。

为了帮助大明驱除外敌，程暮飞渐渐地和这些军队的主事联系起来，为他们提供粮食和钱财帮助他们抗击侵略者，更在他们最危险的时候帮他们躲过了一次明朝官府的检查，此事之后，民团的主事终于开始信任程暮飞。同时范成也命令打行的不少好手加入了民团，双方的关系有了进一步的发展。

这一日，程暮飞正在家中清账，却看到民团中的两名战士扶着一位青年，满身鲜血跑入宅中。战士们只来得及说了句"大先生、二把手阵亡，三把手苦战，保留希望……"就咽下了最后一口气。

程暮飞赶紧命人将这位青年带下去疗伤，在回过神来看账本时，却是忍不住叹了一口气。

在账本上，已经满是鲜血。

第二节 时势无常

时值乱世，连往日繁华的杭州城中也变得死气沉沉，直叫人喘不过气来。眼看才不过刚刚进了 10 月，晚间风中竟也带了几分寒气。怕冷的老人吃过晚饭便早早睡下了，街道上空无一人，其实哪怕此时正当晌午，恐怕也没几个人愿意出来动弹。

程府正堂，一只白铁皮小锅咕咕冒泡，冬笋青丁在牛乳似的浓汤里起伏。一个年轻人斜倚在一张梨木雕花的太师椅上大口灌酒，袒露着的上半身已经是一片赤红，暴起的青筋老树根一般虬杂交错，突突乱跳。

大堂上首，程暮飞一脸憔悴，总是不自觉地把目光游移在堂中的铁锅和年轻人身上。浓汤的鲜香和酒气杂在一起，味道说不出的古怪。坐在一旁的范成不经意地扫了一眼几乎堆成小山的酒坛子碎片，终是幽幽叹息出声。

"妈的，老子这就去宰了满族的那个贼将军！"最后一口酒饮

尽，年轻人缓缓睁开双眼，清亮的眸子中杀气四溢，锋利地直欲射出两把刀子来。

然而年轻人身形甫动，端坐堂中的范成已如影随形一般拦在了他的身前。范成脸上憔悴之意未减，声音里却添了三分疲倦："年轻人，你要去哪？"

"杀人！"年轻人暴喝出声，周身煞气外放，瞳中狂暴的光芒刺得范成只觉双眼一阵酸疼。范成心下惊骇，赶忙拦在了年轻人身旁。

空气中的杀气颤了一颤，忽如一弘秋水般收敛平复下去。但在范成眼里，这些杀气并不是消散了，而是如野兽蓄势，魔刀敛芒，在平静的表象下积聚汹涌可怖的一击必杀之力！

堂中似乎陷入了僵局。年轻人盯着范成，目中光彩闪了几闪，终是黯淡了下去。那一点积聚的杀机弥散于无形，年轻人整个人也似丢失了一身的精气神一般，显得病恹恹地。待坐下之后，年轻人已经变成了一副白白净净的平凡样子，和刚刚简直判若两人。

"范爷。"年轻人落寞地坐回到下首，新揭开一只酒坛的封泥，淡淡地浅酌了一口。"程爷，二把手相信您，您也一直在帮忙给民团提供资源，按理说我是应该一切都听您的安排。如此乱世，我不过是一尾小鱼儿，如果我一直在这里干坐着，又能掀起多大的浪来呢？不可知之处如江湖，水太深了。

"可是，现在江南危如倾卵，民团的力量根本斗不过那些蛮子，朝廷更是只知道保卫皇城而已，对百姓的死活毫不关心，现如今，除了暗杀，我也实在是想不出什么办法了。"

年轻人仰首灌酒，眼角却有泪水涓涓流下，无助得像是个孩子。

"先人的努力不会白费，我更不会让他们的血白流！"范成语速极慢，却带着不容置疑的坚定，"民团长和二把手我不会让他们白死，打行的好手已经全部出动，小程兄弟的第二批物资也已经送到了民团三把手那里，只要……"

不等范成把话说完，却听得外面一阵的吵嚷，不仅是范成，就连程暮飞的眉头都紧紧地皱了起来。在程府，程暮飞和范成一向是管教很严的，像这样的吵嚷或许在别人家会有，但是在程暮飞的家中却是绝对不会出现。如果仅仅因为一点点的小事便弄得整个宅子上下沸反盈天，那还了得？

不过这却也从另外一个方面说明了一个事实：现在发生的事情绝对不寻常！至少，这件事情的震惊程度已经超过了那些下人心中对程暮飞和范成的敬畏！一定是出了大事……

这时，一名账房带着一脸的惶恐走了进来："见过两位老爷，这这这，大事不好了！"

"慢慢说！"范成皱眉，"哪怕就是天塌了范爷也会给你安排一条后路，你慌个什么？"

"是、是，范爷，是这样！"老账房喘了口气，"外面都在疯传，说是救苦救难的民团的两位主事都让那群鞑虏虏狗给杀了，这根本就是天塌下来了啊！我的个无量天尊诶！"

程暮飞和范成对视一眼，想不到这才过去几天，民团大先生和二把手遇难的消息就已经传到了这里，原本两人还以为这个消息会再隐藏一段时间，却想不到现在已经闹得流言纷飞，想必这其中有人暗中推动，目的就是乱中取利！但是在这样的情况下，又有什么

人还能不顾灭国之灾而去寻求这蝇头小利呢？

　　"除了这个之外我听人说连三把手都好像失踪了，说不好就是让人家给逮住了，现在长江边上就有一支十万人的军队往这边行军，随时都准备杀过来把咱们砍了脑袋当酒碗，无量天尊，这一群野蛮人，要是杀过来，我老头子哪里还有命继续活着？现在这下子我们这些平民百姓连一点生的希望都看不到了，诶呀呀诶呀呀真是……"

　　程暮飞挥挥手，把老账房打发下去，转身看了一眼那名青年，却是没有再说什么，反而转身走到案前，思索半晌之后写下一封信交给范成，"麻烦大哥跑一趟，把所有非本地的产业全部卖掉，包括那些隐藏产业，所有得到的银子一半换成大米白面，然后与剩下的银子对半分开，一半送到上次联系的那支民团的联络点，另外一半从现在开始向周边所有的人发散，只要见到困难的，人手一份！

　　"另外，通知汪、沈、许、江四家，一切小心为上，现在要么收缩产业准备逃亡，要么就多行善事帮助各地减少骚乱的损失，或者就是帮助那些清兵过境之后流离的难民……相应的大致计划已经在这里面的了，具体怎么操作，大哥我相信你自有分寸！

　　"另外还有就是千万告诉他们！"程暮飞一字一顿，"我新安人世代行商，'商'和'利'已经深深地烙印在骨子里，但是，任何人如果敢于发战争财，想要趁着国家危难的时候投靠清兵，哪怕就是上天入地我也不会放过他们！让他们好自为之！

　　"尤其是沈家那个新上位的小子，说什么不够资格，一次都不曾来见我，他那点小九九、小聪明在我面前还不够看！再敢把打行里面得到的内部消息散布出去，我第一个打断他的腿！"

　　在程暮飞积极运作的时候，对江南虎视眈眈的清军营帐中同样在为了战与不战的问题商议着什么，但是也注定了是一场血腥的剧目的开始。

第三节　天下难回

"……但是，下一步究竟该如何走，还要请教先生，望先生一定要不吝赐教。"

"为今之计，只有等。"

"等？先生是在说笑吧！"勃赤尔斤嘴角扬起，额角的青筋极轻微地跳了一下。

"将军，我没有说笑。"军师黑纱遮面，声音苍老而不嘶哑，语气平淡，听不出一丝感情的波动，竟好似完全置身于事外，在淡淡地评价别人的事一般。

"先生，"勃赤尔斤眼皮半抬，渐渐地从眸子深处透出一抹狂热的血芒，令人难以逼视。"眼下整个江南已经是完全处在我大清锋锐下，只要我登高一呼，便会有数万门人随我刀锋所指，顷刻荡平一切障碍。只要我愿意，莫说是攻打江南，便打下皇城，也易如反掌！如此大好良机只怕是稍纵即逝，为什么先生却要我一等再等？

"这可是江南宝地，鱼米之乡，我没好运气去攻打大明朝的皇城，难道这送到面前的肥肉也要我眼睁睁地看着不去下口？"

"将军难道忘了吗？正是因为江南富足，是天下经济的命脉之一，更是维持天下稳定的粮食主产地，如果将军这么着急地攻打江南，只怕是全天下都会分出一半的兵力来攻打将军，现在将军就是大明朝那支如鲠在喉的刺，只要江南富庶之地一日在将军的锋芒下忐忑胶着，大明就会投鼠忌器不敢全力一拼，但是假如没有了这一片天然的保护伞，大明难免会以死相拼，这对我们并不划算。"

"时至今日，明朝人心涣散，大明朝衰败迅速，天下大势本就对我大清十分有利，奈何这民间军队实在是一个不容忽视的变数。还有世人盛传，在民间隐藏着的那些商团护卫，如果他们凝聚在一起，也着实让人担心。所以为今之计，将军只有静心等候，然后再一举夺得江南宝地。到那时，四海豪杰无不臣服于将军天威，本朝皇帝也一定会重重嘉奖将军的！"

军师话音尚未落尽，七点肉眼难以察觉的乌光猝然从勃赤尔斤一直拢在袖中的掌心中激射而出，气劲凌人，军师一怔之间已然被尽数击中。腥臭的黑色液体从他遮面的黑纱后面流出，一滴滴溅在青石地板上，发出"嘶嘶"的轻响。而他的身体，此刻竟犹如雕塑一般僵硬呆直，在勃赤尔斤震天的狂笑声中"嗡嗡"晃颤。

"先生，不要怪我！身处乱世，风云瞬息万变，此刻你是我的网中之物，焉知下一刻我又会落入谁的猎网之中？除了手中这口刀，我不会相信任何人！而你，先生，你知道得太多了！而且又是汉人出身，你的存在，就是我最大的威胁！不过。"勃赤尔斤微微一顿，"我是不会杀你的，这七枚锁魂针封住了你的真阳天脉，截心阳，裂惠顶，

断定通，塞天门，破气海，阻焦阳，滞衍首，我钉死了你的真阳之气，从此不生不死，不人不鬼，既不会妨碍我的大业，又能继续享受这世间的风花雪月，柳绿花红，岂不妙哉！"

勃赤尔斤走出营帐，一路狂笑："布好了盛满香饵的罗网，饶你是再狡猾的猎物，也终将落入我的手中！中原人，本将军不会信任，中原人，唯一的出路就只有成为奴隶，成为本将军的刀下鬼！传本将军令，即刻起进攻江南！不成百人斩，金刀不收锋！"

黑纱缓缓落下，漏出来一张中原人的儒雅的面孔，他十多年前就潜伏在这显现出狼子野心的满族大将军的身边，就是为的这一日在清兵大举攻城的时候拖延时间，帮助大明朝得到更多的时间来恢复、调动自身的力量，抗击这些外来侵略者！谁知道，天不从人愿，竟然仅仅因为他是中原人的原因，就被这胡人斩杀暗算！

局势已经十分的危险，甚至没有人能够看得到希望，包括那些被抓起来的官员富豪，更是对这样的局势麻木。

所有被勃赤尔斤抓来的地方官员，都被关押在将军府下的地牢里。所有人都无一例外地被挑断了手筋脚筋，但除了行动会受到一点小小的限制外，可以说大多数的人日子过得还算不错。

不知道勃赤尔斤是有心还是无意，关在这儿的人每天都会得到各种有关大清的消息。不过日子久了，众人对待这些乱糟糟的消息的态度也从原本的哭天抢地变得无所谓起来……反正情况已经如此，再坏还能坏到哪里去呢？至于那什么朝廷与天下的命运，自然会有人去操那份心。

我们不过是一群可怜的甚至没人在意的小官员而已，现在还能去操什么心呢？

　　但是，在不少知道内情的人的心里，这希望，或多或少，总还是有的。比如说，马老道台。

　　"天杀的龟儿子，我咒你们全家五雷轰顶不得好死！"马老道台操着一口地道的四川腔调，冲着那张已经被他蹂躏得不成样子的黄色绢纸愤然大骂，其话之恶毒引得周围的人一阵侧目。

　　"怎么了！怎么了！出什么事了？是不是我那边的军队来人救……"听得马老道台的叫骂声，一个干瘦干瘦、留着两撇小胡子的灰衣矮子凑了过来。

　　"救救救！救你个头！"他话说到一半，便被马老道台连珠炮似的叫骂给打断了，"你庞三山当年好歹也算是个威震一方的豪杰，更是被一方百姓称赞的官员，怎么到了这里反倒成了个贪生怕死的软蛋？成天就惦记着你那个什么军队啥时候能来救你？我大明朝官员的脸面都让你给丢尽喽！"

　　马老道台脸色涨得通红，一双眼睛几乎要喷出火花来："奶奶的天杀的龟儿子，霸占了我大明地脉还不算，竟然还想要染指江南！竟然派了十万大军要在我江南重地烧杀抢掠扰乱天下平稳！这个天杀的龟儿子，不要叫老子哪天等到了民团，不然老子一定要杀他个屁滚尿流、碎尸万段！哼！"

　　"切，老家伙，你是不是走路掉河里让鱼咬坏了脑子？那带兵的小家伙要想抓那谁谁，除非那谁谁他是长着鸟翅膀的鸟神仙，打不过了还能拍拍屁股'噗噗噗'的上天飞走了，否则谁能跑得了啊。民团身上又没长鸡毛，飞又飞不起来，不照样是让人给逮了起来？"

　　马老道台天生性子躁烈，即便是当了几十年的道台，这副驴脾气却是一点没改。此时让人如此揶揄调笑，一时间只见他浑身哆嗦，

面色酱紫，须发皆张，无风自动，根根如悬刺倒指，显然是气得不轻。

"你是哪来的龟……"

马老道台话到一半，声音忽然拖得有如秃鹫一般尖利沙哑，整个人就好像突然发了羊痫风一样瘫在地上抖个不停。只见他满脸满眼的狂喜和惊惧，一时之间早已是老泪纵横，冲着那个一脸呆傻样的邋遢青袍小老头就是一阵发狂般的叩拜，几个头磕下来，马老道台已经磕破了脑门，流下血来，却仍不知一般死命地磕着。

"……民……民团……的三把手！您……您终于来了！龟儿子的好日子到……到头了！我……我江南……终于……终于……终于有救了！"

"救？谁救谁啊？是你救我还是我救你？你没看见我也被人给抓来了？不然我干吗跑到这儿来听你这一通咕哝？"青袍老头面色一如平常，对身边那些越靠越近、目瞪口呆的人是理也不理，说说笑笑，闲着的一只手直接就把那只脚上穿了不知多少年头的破草鞋给脱了下来，自娱自乐似的搓着脚底板上的粗泥。

"啊？"马老道台一怔，半晌没回过神来，就那么瞪大了眼睛和民团三把手对视，眼角兀自还挂着未擦净的老泪。

不说马老道台，就连周围围了一大圈的人也是被吓了个半死。试问，普天之下，若是连民团都没有和勃赤尔斤一战之力，那这世上还有谁拥有扭转乾坤的力量？

一时之间，牢狱中顿时静寂下来，死气沉沉，就如同此时的大明朝，毫无希望，更加找寻不到希望在什么地方。大明朝的未来，似乎只有一条道路。

灭亡。

第四节 孤身过海

大清铁骑素有足以横扫整片欧亚大陆的赞誉，就算是在江南一带带领兵将的并不是一代神将努尔哈赤，而是这个名不见经传的勃赤尔斤，但是这近十万大军的恐怖战力也不是现在已经陷入到混乱中的民团和官军能够抵挡的。清兵好似是狼入羊群，不，是虎入鸡群才对，但凡是战马所过，无一不是血肉横飞，飞溅四方。

所有的将军、副将、队长、小兵，无一不是彻底地贯彻着勃赤尔斤临行前的"不杀百人不收锋"的命令，不管是男人还是女人，不管是小孩还是老人，都仿佛是惨淡的流苏挂在马颈下，血淋淋的颜色在战马的马蹄、肚子上结成厚厚一层血疤。这是一场惨无人道的屠戮，这人间地狱从不为外界所知，在将来，当杀人者封妻荫子，这场屠戮也将成为他光辉壮举之下不着眼的一笔，渐渐地被淡忘！被抹除！

而此时，程暮飞一个人独坐在程家的后堂中，当那些商人富豪

急着将自己的产业、金银财宝迅速卷成一个大包裹匆匆逃亡时，程暮飞却在有条不紊地翻看曾经记下的一条条日记。整个江南，清军肆虐的地方一片血腥，未到的地方一片混乱，到处都有暴乱，到处都有暴徒，市场已经没有了秩序，甚至连基本的安全保证都没有。人们要么是死在清军的铁骑下，要么是死在暴乱的人群中，摆在人们面前的，似乎只剩下了束手就擒这一条路。

　　"兄弟，船已经准备好了，趁着清兵还没有杀过来，还是赶紧上船去台湾避避吧！"范成走进后堂，看了一眼摆在程暮飞面前小山一样高的文书，皱眉道，"整个程家上下已经全部疏散完毕，你在家里存储的那些银子也按着你的意思已经全部散出去了，除了家里的这些人，还有外面的那些街坊邻居以及其他四家那些幸存的人，也全部都一一的分了不少去。还有家里的那些粮食米面，也都有所分配。只不过现在这个情况，那些银子恐怕没有什么用处，反倒是那些米面会最后成为救命的一线希望啊！"

　　"嗯，范大哥，你先走吧。"程暮飞不置可否，依旧在看着身前那一封封的文书，如同古井波澜不惊。

　　"你！"范成上前一步，大有程暮飞再不走就上去强行把他给绑了带走的意思。"你再说一次让我先走试试？怎么着，现在小芳不在你身边你就胆肥了是吗，你就不想想你那个还没出来的娃娃？"

　　"大哥，我只是说让你先走，又没说我不走。"程暮飞摇摇头，无奈放下了手中的最后一封文书。

　　"民团三把手如今也已经落在勃赤尔斤的手中，整个民军有资格集聚带领他们走下去，最终保留下一丝希望的，应该就是那个到现在都不告诉我们姓名的年轻人了。他是希望，是比你我都重要的

希望！"程暮飞摇摇手中的文书，"这是民团情报中的一件，上面说清军的皇帝似乎并不不打算把整个江南杀光，最多只是让勃赤尔斤冲杀一番，最后还是会留下像我这样的人帮助他们整顿江南、为他效力，所以我的安全你是完全不需要担心的。

"既然我是安全的，为什么不让我再在这里多待一会？商人眼中唯利是图，只可惜，我秉承的，却不仅仅是‘商’，还有我父亲遗传的秉性，朝代更迭本为常态，但是我，生死与我父不为两朝人！"

夜幕幽玄，皓月苍茫。

程暮飞静静地矗立在石崖上，一袭白衣朴素无华，但又明丽胜雪。

石崖下海浪奔腾，丈余的巨浪凶狠地撞向石壁，却又被石崖下的礁岩撕扯得鳞伤遍布，有气无力地在石崖下变成四溅破碎的白色泡沫，悻悻的退回到海中。然而一波又一波的海浪仍像一去不返的无惧的勇士一般，绵绵不绝，前赴后继，带着残败的身体一次次地撞向石壁。冰冷的海风裹挟起海水的浓郁的腥味，盘旋而起，咆哮着，仿佛伸出无数的看不见的充斥了恨意的手，抓了这白衣的袍角狠命地撕扯着，在风中猎猎作响。

沉默。

仿佛他与这一切是毫无关联。

程暮飞今天有些反常。在他望向天空的无神的眸子中，平添了一抹平日里从未有过的黯淡和伤神。他终于还是没能力挽狂澜，虽然他佯装投诚，一把火烧了清军的粮草，但是清军终究还是太强大了，江南，终于还是沦陷了。而他，也如同一只丧家之犬般逃到了海边。

风渐渐小了。在他的身后猛然闪过一道道洋溢着杀气的青芒。

那是无数的追兵正在前来追杀擒拿他。

程暮飞怔了一怔。但随即坦然地转过了身子。重新焕发出光彩的双目中没有一丝的惊讶。相反的，那炯炯有神的眼神中洋溢的分明是成竹在胸的自信和了然。

只是他似乎没有料到，这些追兵的到来会这么突然，以至于他还没有做好赴死的准备。

海风再度涌起。程暮飞远远地看着这些杀气腾腾的军人，久久没有说一句话。

静默中，程暮飞的心灵也在一瞬间变得无比的灵动，他甚至可以感觉得到那些人身上沾满了的江南普通百姓的血腥味，还有那冰冷的已经不再是人间一样的气息。战场无情，尸山血海，程暮飞从没有经历过这一切，他也不想去面对这些，在他的身后还有小芳和未出世的孩子，还有那些信任他所以默默地选择了同样行驶进海中奔向海对岸的人。所以他此时不能赌命，他要活下去，他要离开这里。

身后刀剑光芒渐渐近了。

此刻，他甚至可以清楚地感觉到从身后的那些杀气腾腾的兵士利剑上传来的冰冷的气息。

他忽然笑了，笑得那么灿烂，明媚。过往的美好如画卷一般，在他的眼前徐徐展开，掩盖了远处无数狰狞的面孔。

大明……程暮飞喃喃道，二十年前，那时候的大明是如何的威武雄壮？那时候的大明是何等的意气风发？但是现如今，一个岌岌可危、一个摇摇欲坠、一个连自己的子民的生死存亡都无动于衷、一个连自己的明天都无法确定的大明……

仙魔不过存心之间。

"一念千年，千年一念，生死心间，心念生死……"

程暮飞只觉得自己现在心如死灰，在程步天给他留下的那些书籍中的结尾处就是这么一句莫名其妙的话。那时候程暮飞觉得，这所谓的"一念"，只怕早已超出三界，非常人所能明白，但是现在，他却是体味到一种和自己的父亲完全不同，但又是实实在在的心如死灰的感觉，这种感觉，就好像自己的生命不再属于自己的感觉，是一种超脱了肉身的感觉，就像一个念头，一念升天，一念入地，一念，寂灭。

"程暮飞！"海岸处范成的一声呼喊让程暮飞从那种缥缈的状态恢复过来，在他身后闪闪发光的刀枪不断地靠近，他终是抓住了范成的双手，一步踏上那条他不知道准备了多久，却是希望永远都不要用到的船！

月下，海浪滔天。

程暮飞不禁回忆起在一统江南的商业之后，和小芳、范成，还有许多人在一起朝夕与共的三年平静时光，自夏初始，自夏末终。也许十年，百年，千年之后，一直到走过奈河，走出往生，他的瞳孔的深处都曾有对大明，对江南放不下的眷顾，也许在记忆的深处，短短三年的早已被鲜活崭新的激情掩盖。

但当他偶然间不经意地瞅到这些尘封在过去的记忆时，是否还能够想起，在脑海层层尘封之下，有一个叫做程暮飞的人，在记忆的角落，静坐在夕阳余晖之下，回味着在这里度过的曾经味道？

时间和记忆仿佛是天生的死对头。而时间又是个最讨厌的奇怪的玩意儿，他总是让憧憬和未来变得遥不可及，然后在下一秒，在眼皮的轻微颤动之间，让一切变成了曾经，重重打下尘封烙印，只存留于记忆之中。然后，在秋叶换红花的百度交替之间，冲淡曾经的珍贵，给遥远不可触及的过往蒙上一层更为朦胧的余晖。

但不论时间和记忆如何的变化，程暮飞能够做的，只有前行，哪怕这是一条未知的道路，哪怕他曾经拥有了许多，哪怕如今他已经一无所有，但是，至少，他不枉此生，无愧于心。